Andreas Bernard

Laufende Ermittlungen

TROPEN

MIX
Papier aus verantwortungsvollen Quellen
FSC® C083411

Tropen
www.tropen.de

Printed in Germany
Cover: Zero-Media.net, München
Gesetzt von C.H.Beck.Media.Solutions, Nördlingen
Gedruckt und gebunden von CPI – Clausen & Bosse, Leck
ISBN 978-3-608-50452-1

Er wölbte seine Hand, um das Wechselgeld entgegenzunehmen, doch die Verkäuferin legte es in die Schale daneben.

Kurz bevor der Pantomime, an dem schon seit Minuten kein Fußgänger mehr vorbeigekommen war, seine Pose aufgab und sich wieder bewegte, schien er sich mit einem vorsichtigen Blick aus den Augenwinkeln zu vergewissern, dass gerade niemand in der Nähe war. Dann schlüpfte er aus seiner Rolle wie ein Einbrecher aus seinem Versteck, wenn die Luft rein ist.

Die menschenleere Bäckerei am frühen Morgen: Die Brote lagen so akkurat beieinander, dass sie nicht wie käufliche Waren wirkten, sondern wie Pokale in einer Vitrine.

Hinter dem Schreibtisch des Vorgesetzten gingen plötzlich die Jalousien herunter, so wie in jedem Büro des modernen Hochhauses, wenn die Sonneneinstrahlung eine bestimmte Intensität erreicht. Doch hier, im Raum des Chefs, wirkte der Automatismus wie eine unzulässige Übertretung.

Die ältere Studentin saß in der Cafeteria der Universitätsbibliothek, an einem vollkommen verwilderten Tisch; sie lachte von Zeit zu Zeit laut auf, schickte ihre Blicke und Worte ins Leere und aß Erdnussflips aus einer riesigen Tüte, wobei sie den Inhalt größtenteils auf ihre vor sich liegenden Unterlagen verstreut hatte. Irgendwann begann sie zu husten, zog ein Taschentuch hervor und schnäuzte sich mehrmals, und diese Erkältung, am nasskalten Ende eines langen Winters, nahm ihr plötzlich etwas von ihrem Wahnsinn. Die Irre war verschnupft – für die Jahreszeit normal.

Die Spendensammler mit den Blechdosen ließen den Rollstuhlfahrer unter den Passanten aus.

Wie die Buchhändlerin sofort den Blick abwandte, als er seine Geheimzahl in das kleine Kreditkarten-Gerät eingab (das Demonstrative dieser Geste, das ihr die gewünschte Diskretion wieder nahm).

Die Schwäne zogen geräuschlos über den nächtlichen See, wie ein Trupp heranschleichender Soldaten in der Dunkelheit.

Einverständnis gab es zwischen ihnen nur noch im Lästern über andere.

Das Wort »Wrack«, die eigentümliche Kombination der Anfangskonsonanten – als wäre es selbst das, was es bezeichnet, gestaucht und verstümmelt.

Den Fuß in eine sich schließende Aufzugtür stellen: eine Geste, die immer einen Rest von Bedrohung und Gewaltsamkeit in sich trägt, so behutsam sie auch ausgeführt sein mag.

Die Kinder im Zug redeten miteinander, als würden sie ein Hörspiel aufnehmen.

Das seit Monaten an der Bushaltestelle lehnende Fahrrad, angekettet an einen Laternenpfahl: Es wird nicht gestohlen, dafür ist das Schloss zu massiv, aber von Woche zu Woche scheint es zu schrumpfen. Irgendwann fehlte der Sattel, kurz darauf der Vorderreifen; seitdem wird seine Gestalt mit jedem Anblick brüchiger und dürrer. Zweifellos ist dieses schrittweise Verschwinden kein kontinuierlicher Vorgang, sondern geht auf einzelne Diebstähle und Beschädigungen zurück. Dennoch wirkt der immer erbärmlichere Zustand des herrenlosen Fahrrads wie ein natürlicher Prozess des Zerfalls. Als wäre es kein Artefakt, sondern ein verwesender Kadaver.

In einer alten Erzählung stand das Wort »gewittert«. Es war unmöglich, nicht das fehlende »t« mitzulesen.

Als die S-Bahn anfuhr, traten die Kontrolleure ruckartig aus der trägen Masse der Passagiere heraus und zückten ihre Dienstmarken. Sie erinnerten an eine Diebesbande im Augenblick der Tat – der Ausruf »Ihre Fahrausweise, bitte!« hatte etwas vom »Hände hoch!« der Bankräuber, die sich plötzlich zu erkennen geben.

Geldmünzen, die auf Zeitungspapier fallen (an der Theke des Schreibwarenladens oder vor dem Verkäufer abends im Bahnhofsgeschoss): Plötzlich kam ihm diese Kombination wie die perfekte Ergänzung zweier Materialien vor – sie schienen in fast zärtlichem Verhältnis zueinander zu stehen.

Auf dem Starbucks-Becher, den die alte Frau vor der Kirche zum Betteln verwendete, stand noch der Name der Kundin (»Whitney«).

Abends, beim Gang durch den Frühstücksraum des Provinzhotels, roch es nach alter Bundesrepublik.

Das Schweigen der Ehepaare an den Restauranttischen im Urlaubsort: ein Happening der Stille. Als würde jeden Moment ein Kurator ins Bild treten, die Aktion für beendet erklären und den Leuten ein Zeichen geben, dass sie wieder miteinander reden dürfen.

Der Bleistift war auf fast obszöne Weise gespitzt.

Sonntagnachmittag: Von Zeit zu Zeit sah er Menschen auf den Straßen des Viertels, die ein Päckchen mit Kuchenstücken auf der Handfläche trugen. (Die Bedächtigkeit des Sonntags, eingefasst in eine einzige Geste: was sonst würde man *auf* der Hand tragen außer Kuchen?)

In der fremden Wohnung fiel sein Blick auf die Fotos auf dem Kühlschrank, die üblichen Schnappschüsse aus einem Passbild-Automaten. Er hatte plötzlich das Gefühl, alles über diese Familie zu wissen.

Der junge Vater in der Therme, mit großflächigen Runen-Tattoos und kahlem Schädel, schleuderte seinen drei- oder vierjährigen Sohn immer wieder mit beträchtlicher Kraft in die Höhe und ließ ihn von dort ins Wasser fallen. Das Kind schien das Spiel zu genießen, sah seinen Vater vor jedem neuen Wurf erwartungsvoll an – und doch war in dieser liebevollen Geste die ganze Brutalität enthalten, zu der der Skinhead jederzeit in der Lage war.

Als der Einsatz des Polizeihubschraubers am Strand beendet war, flog eine Möwe über das Meer, und selbst von dieser schwebenden Eleganz schien Sekunden nach der allgemeinen Aufregung noch etwas Beunruhigendes auszugehen (Venice Beach, Los Angeles).

Und plötzlich störte sie alles an ihm, sogar der Winkel, in dem er das Notebook auf dem Couchtisch beim gemeinsamen Netflix-Schauen nach hinten bog.

Der Betreiber der Imbissbude schrieb seine Tagesangebote auf die Tafel und trat dann einen Schritt zurück, als würde er ein soeben vollendetes Werk begutachten.

Nach langer Zeit sah er wieder einmal ein parkendes Auto, älteren Baujahrs, dessen Scheinwerfer noch brannten (aussterbende, von Technik verhinderte Nachlässigkeiten).

In der Dunkelheit griff er nach seinem iPhone auf dem Nachttisch und ertastete die vertraute Mulde des Home-Buttons.

Der »Grillwalker« hatte sich vom Marktplatz entfernt, um auch den Passanten in den Nebenstraßen seine Bratwürste anzubieten, und nun stapfte er mit seinem klobigen Rost vor der Brust durch die engen Gassen wie ein entlaufenes Zootier.

Niemand wird mit größerer Selbstverständlichkeit ignoriert als die Flugbegleiterin, die vor dem Abflug die Sicherheitsbestimmungen in der Maschine präsentiert. Mit mechanischen Bewegungen deutet sie auf die Notausgänge und erklärt die Funktionsweise der Atemschutzmasken: ein leeres Ritual, denn die Passagiere sind wie immer in ihre Magazine und Tablets vertieft. Sie schenken diesen Demonstrationen keinerlei Aufmerksamkeit, wie einer Anleitung, mit der man seit langem vertraut ist. Die Stewardess weiß um das Desinteresse ihres Publikums, und sie verrichtet ihre Aufgabe mit ausdruckslosem, starr auf einen fernen Punkt gerichtetem Blick. Nach und nach greift sie zu den verschiedenen Hilfsmitteln, die sie auf dem Klapptisch eines Sitzplatzes ausgebreitet hat – die Plastikmaske, die Tafel mit den Notausgängen –, und ihre spürbare Teilnahmslosigkeit erinnert plötzlich an den Auftritt einer professionellen Striptease-Tänzerin, die sich mit maschineller Eleganz ihres Kostüms entledigt.

Beide Darbietungen verlangen nach einer ähnlichen Panzerung des Blicks – einmal vor einem Zuwenig, einmal vor einem Zuviel an Beachtung. Sowohl die Stewardess als auch die Striptease-Tänzerin sind einem schroffen Ungleichgewicht von Aufmerksamkeit und Intimität ausgesetzt, jedoch auf entgegengesetzte Weise. Im Nachtclub macht ein Übermaß an Interesse das Intime zur öffentlichen Veranstaltung, im Flugzeug ein Übermaß an Desinteresse das Öffentliche zum Privatvergnügen.

Und so, wie sich auf den Bühnen der Tabledance-Bars eine Anfängerin dadurch verrät, dass sie tatsächlich jemanden ansieht, trifft man auf Flügen abseits der großen Routen von Zeit zu Zeit auf eine unerfahrene Stewardess. Unsicher fahnden ihre Augen nach einem Adressaten, während sie das Sicherheitsprogramm durchgeht, und je öfter ihr Blick keine Erwiderung findet, desto brüchiger wird der Panzer ihrer Souveränität. Auch die Uniform kann dann nicht mehr verhindern, dass sie schutzlos im Gang des Flugzeugs steht, wie unbekleidet. Durchbohrt nicht von Blicken, sondern von deren Verweigerung.

Das Plüschtier lag erschöpft auf dem Boden des Kinderzimmers.

Nach dem Streit: Sie griff zu ihrem Handy und tippte die Ziffern ihres Geheimcodes ein, mit einer Vehemenz, mit der man sonst eine Tür hinter sich zuknallt.

Dass die Eingangsszenen von Horrorfilmen so oft in Vergnügungsparks spielen: Im jauchzenden Geschrei der Achterbahn-Insassen kündigt sich bereits das panische Geschrei der Todgeweihten an.

Aus Langeweile eine gute Tat begehen.

Hinter den beiden Schimmeln, die auf dem festlichen Umzug die Kutsche zogen, lagen, fast wie erwartet, ein paar Pferdeäpfel – als seien sie keine von Zeit zu Zeit produzierten Ausscheidungen der Tiere, sondern ein elementarer Teil des folkloristischen Ensembles, so notwendig wie Zügel und Räder.

Der umherliegende Abfall in der Großmarkthalle am späten Vormittag: an diesem Ort nicht wie sonst ein Zeichen der Verwahrlosung, sondern der Betriebsamkeit.

Der ältere Mann im Café sah immer wieder zu der jungen Frau mit den aufgekrempelten Jeans und den weißen Stan-Smith-Turnschuhen hinüber, konzentriert, ernst, fast schroff, obwohl sein Interesse an ihr überdeutlich war. In seinen Augen lag eine Mischung aus Verlangen und Missbilligung – eine Missbilligung, in der sich das Wissen um die völlige Aussichtslosigkeit seines Unterfangens bereits abzeichnete. Er schien ihr die Zurückweisung übel zu nehmen, auf die er es gar nicht ankommen ließ. Vielleicht ist es das, was man »Anstarren« nennt: ein Blick, der von der Einsicht des eigenen Scheiterns beschwert wird.

In der Straßenbahn zeigte ein Vater seinem kleinen Sohn im Kinderwagen einige Familienfotos auf dem Handy. Der vielleicht anderthalbjährige Junge, der noch kaum sprechen konnte, kommentierte die Bilder mit den immergleichen Lauten, »Mama«, »Dada«, und strich dann über den Bildschirm, um zum nächsten Foto zu gelangen. Der Kulturtechnik der Sprache war das Kleinkind noch nicht mächtig, aber die des Smartphones beherrschte es schon souverän.

Sie unterbrach ihn so schroff wie die einfahrende U-Bahn die Werbefilme hinter dem Gleis.

Die unerträgliche Vertrautheit der Heimatstadt: Er kannte fast alle Fahrpläne der öffentlichen Verkehrsmittel auswendig; er wusste genau, von welcher Stunde an die U-Bahn nur noch als Kurzzug verkehrte, und lief dann instinktiv ein Stück in die Mitte des Bahnsteigs. Von einem Blinden unterschied er sich in dieser Stadt nur noch dadurch, dass er den Dingen aus dem Weg gehen konnte.

Die einzige musikalische Darbietung, bei der Stimmengewirr im Hintergrund nicht störend, sondern wie eine notwendige Ergänzung wirkt: Klaviermusik in einer Hotelbar.

Auf dem Boden, hinter der Bürotür, lag ein Keil, und mit dem Anblick des zugespitzten Holzstücks schien gleichzeitig auch seine Bezeichnung aufzuleuchten, das Wort *Keil* (Dinge, die stärker an ihre Namen gebunden sind als andere).

Freitagnachmittag: Dem Handwerker in seinem verschmierten Overall sah man das Auf-dem-Heimweg-Sein viel deutlicher an als den anderen Passanten.

An einer Haltestelle des Busses kam es zum Schichtwechsel der Fahrer. Der neue stieg ein, setzte sich hinter das Lenkrad und fuhr sofort los. Keine Eingewöhnung, kein prüfender Handgriff. Ohne Zögern nahm der Busfahrer seine Arbeit auf, um den Fahrplan einzuhalten; der Mechanismus lief so reibungslos weiter, als hätte jemand zwei Kabel umgesteckt.

Die Mückenstiche, die bei der Rückkehr nach Hause anders zu jucken schienen als noch vor dem Abflug am Urlaubsort, genauso stark zwar, aber nicht mehr *echt*, wie die Simulation eines Schmerzes.

Er klingelte an der Tür der Nachbarn, die am Morgen ein Paket für ihn angenommen hatten. Sie waren nicht zu Hause, und als er wieder zurück in die eigene Wohnung ging, fiel ihm für einen Moment die Vorstellung schwer, dass diese Handlung tatsächlich nirgendwo gespeichert worden war. Inmitten aller klar identifizierbaren Hinweise, die jeder vergebliche Anruf, jeder Besuch auf einem Profil mittlerweile bei den Adressaten hinterließ, hatte der Vorgang beinahe etwas Unwirkliches – eine Kontaktaufnahme ohne Spur.

Nach dem langen Winterspaziergang warteten Vater und Sohn an der Bushaltestelle am Stadtrand, und die Kappen ihrer Stiefel waren beide mit Schnee bedeckt: ein Zeichen ihrer Verbundenheit.

Die Silhouette des Langläufers drüben sah aus wie ein Piktogramm.

Keine Spur, in die hineinzutreten man größere Scheu hätte, als in eine Loipe.

Als die Sonne hinter den Gipfeln verschwand, wurde sofort das ganze Gewicht der Berge spürbar.

In allen Kurven zwischen den Etagen des Parkhauses waren Lackspuren an den Wänden zu erkennen. Dass ein Auto tatsächlich von der breiten, großzügig bemessenen Fahrbahn abkommen und eine Kante streifen konnte, wirkte vollkommen unwahrscheinlich. Aber das Parkhaus wurde Tag für Tag von hunderten Wagen genutzt, und die bunten Flecken riefen die Missgeschicke Einzelner in Erinnerung wie eine unerbittliche Statistik.

Das alte Foto auf der Pinnwand im Flur, die Köpfe am oberen Bildrand dutzendfach durchstochen. Bedeutungsloser Voodoo.

Die Mannschaft hatte einen Treffer erzielt, durch ein Eigentor des Gegners, was sich in einer merkwürdigen Art des Jubels niederschlug. Normalerweise wird der Torschütze von den Mitspielern umringt; sie laufen auf ihn zu, umarmen ihn, reißen ihn zu Boden, wenn es sich um einen entscheidenden Treffer kurz vor Schluss handelt. Diese Jubeltraube jedoch hatte kein Zentrum. Man glaubte einen Moment lang sogar die Ratlosigkeit der Spieler zu erkennen, die nicht wussten, auf wen sie zulaufen sollten. In Ermangelung eines Torschützen feierten sie schließlich den Stürmer, dessen Flanke der gegnerische Verteidiger ins Tor abgefälscht hatte.

Er war allenfalls laminatsicher.

Aus dem Fenster des Vorortzuges fiel sein Blick auf einen Hund, der über die Winteräcker lief, und kurz darauf auf den Besitzer, der in einigem Abstand hinterherging – ein Ensemble, das genau aus dieser Entfernung, genau aus dieser Position des Reisenden betrachtet werden musste. Spaziergänger mit Hund: Emblem des vorbeiziehenden Lebens, Kulisse der ländlichen Zugfahrt schlechthin.

Die Friseure standen um die Kundin herum wie ein Konsortium beratender Ärzte.

Dass die Maskenbildnerinnen und Tontechniker im Fernsehstudio immer so nachlässig gekleidet sind: als würden sie einen bewussten Kontrapunkt setzen zu den ausgeschmückten Gestalten vor der Kamera.

Der Schaffner stolperte souveräner als die Fahrgäste, als der Zug ruckartig anhielt.

Er glaubte ihrem Ehering ansehen zu können, dass sie noch nicht lange verheiratet war.

Die Regenschirme der Senioren, die Bierflasche des Handwerkers, der Aktenkoffer des Geschäftsmanns: Alle Dinge auf der Straße kamen ihm plötzlich wie typische Accessoires vor, so eindeutig ihren Trägern zugeordnet wie die Bestandteile einer Playmobil-Figur.

Vergessene Bewegungen: der Mann vor dem Geldspielautomaten, der mit der Hand das mittlere Feld zuhält, bevor die letzte Walze zum Stillstand kommt.

Am Sonntagmorgen, der Marathon durch die abgesperrte Innenstadt sollte gerade beginnen, stand plötzlich ein Obdachloser mit seinem vollgepackten

Einkaufswagen am Rand der Laufstrecke. Inmitten der gestählten, mit neonfarbenen Leibchen und Trinkflaschen ausgestatteten Athleten wirkte er sowohl verlorener als auch würdevoller als sonst.

Am Flughafen wurde eine Passagierin ausgerufen, und er sah zum ersten Mal, wie tatsächlich eine Frau in der Nähe aufstand und in die Richtung des Schalters ging.

Die pausierende Gebärdendolmetscherin auf dem Kongress gab ihrer Kollegin ein Zeichen, dass sie übernehmen könne, und für einen Moment wurden ihre Gesten wieder zum Selbstzweck.

In der ersten Reihe konnte er die Geräusche hören, die von der Gebärdendolmetscherin produziert wurden: das Reiben der sich rasch bewegenden Arme an der Jacke, das regelmäßige laute Atmen – Resttöne der tonlosen Kommunikation.

Das weinende Kleinkind lief auf seine Mutter zu, und die Tränen schienen ein Ziel zu haben wie ein geworfener Ball.

An der Starbucks-Theke wartete er auf sein Getränk, hinter einer Gruppe jüngerer Touristen, und es ertönte eine Folge von Wörtern – Namen, Vorlieben,

Unverträglichkeiten –, die auf engstem Raum ein Kondensat der Gegenwart bildeten: »Franzi, Soja Flavored Latte« – »Lena, Decaf Caramel Macchiato« – »Jonas, Flat White mit Hafermilch«.

Das langbeinige Boxengirl neben dem Rennwagen hatte ein Band mit einem Ausweis um den Hals, auf dem auch ihr Passfoto zu erkennen war. Dieses Dokument nahm ihr etwas von dem glamourösen Auftritt; ihre Schönheit wurde von dem Format der Erfassung, dem sich jeder Anwesende auf dem Areal unterziehen musste, ein wenig zurechtgestutzt.

Das Kind in der Sitzreihe hinter ihm antwortete seiner Mutter so laut, dass er wusste, dass es einen Kopfhörer trug.

Auf den Online-Portalen der großen Tageszeitungen stehen keine Todesanzeigen; in den gedruckten Ausgaben hingegen nimmt diese Rubrik immer größeren Raum ein: Verweis auf die Vitalität des einen Mediums und den schleichenden Niedergang des anderen.

Der Mann mit dem vernarbten Gesicht, der an der Bushaltestelle wartete, ertrug die unablässigen Blicke der Passanten so ungerührt wie ein Prominenter.

Durch die Fenster des Tätowierstudios konnte er erkennen, dass Hochbetrieb herrschte. Kunden kamen und gingen, der kleine Wartebereich im Vorraum war überfüllt: eine fast hektische Betriebsamkeit, die gar nicht zu der auf Dauer ausgerichteten Arbeit passte, die drinnen entstand.

Die Kassiererin, die mittags im leeren Supermarkt in ihrer Kassenbox saß, sah aus, als würde sie in einem liegengebliebenen Auto auf den Pannendienst warten.

Im Moment der größten Desorientierung strich er über seine alte Narbe am Zeigefinger, um sich seiner selbst zu vergewissern.

Sie stürmte plötzlich aus dem Saal, als müsse sie sich übergeben, doch sie wollte nur in Ruhe ein Telefonat annehmen.

Ein Kleinkind im Flugzeug mit einer Schlafbrille (sein Gedanke: wie ein Kind unter Drogen).

Die aufgereihten Zigarettenpäckchen mit ihren großflächigen Warnbildern hinter der Ladentheke: eine Galerie von Körperöffnungen und Hautfetzen, so überfordernd wie früher der Blick auf die Regale der Porno-Videothek.

Im Speisewagen hinter ihm eine aufgekratzte Männerrunde, die ständig in das bekannte heisere Gelächter einstimmte, und dann beim Umdrehen die Verwunderung, dass auf dem Tisch nur Gläser mit Mineralwasser standen.

Die Kleiderbügel im Hotel, die sich nicht von der Garderobenstange im Schrank nehmen lassen: Design gewordenes Misstrauen.

Der Maler im farbverschmierten Overall stimmte in den Umgangston seiner Kollegen ein; er erteilte dieselben rüden Anweisungen, gab dieselben anzüglichen Anekdoten zum Besten, doch seine stockenden, immer wieder von schmerzlich langen Pausen unterbrochenen Sätze schienen nicht zu dieser Grobschlächtigkeit zu passen. Als hätte ihn sein Stottern unweigerlich zu einem feinsinnigeren Charakter machen müssen.

Er hatte ein falsches Passwort eingegeben, und der Bildschirm schüttelte bockig sein Haupt.

Am Rand des verschneiten Parks im Münchner Süden stand eine Gruppe älterer Männer zusammen und spielte Eisstockschießen – vielleicht die einzige Sportart, die ausschließlich von Senioren betrieben wird. Die leicht gebückte Haltung der Spieler, der krummbeinige Gang entlang der Eisfläche gehörten zum vertrauten Erscheinungsbild der Szene. Die straffe, gerade Statur eines jungen Menschen hätte in diesem Ensemble so exotisch gewirkt wie der Körper eines Rentners bei der rhythmischen Sportgymnastik.

Der Schriftsteller bekam zu Beginn der Lesung seinen Erfolgsroman gereicht wie ein Chefarzt ein Dossier.

Gesten der bangen Erwartung: der Fußballer, der sich nach einem Zusammenprall in der Luft an den Kopf fasst und kontrolliert, ob seine Handfläche voller Blut ist. Der Spaziergänger im Park, der in der Abenddämmerung über eine Wiese geht und anschließend seine Schuhsohlen auf Spuren von Hundekot untersucht.

Die beiden Passagiere, die einander im Zug gegenübersaßen, klappten ihre Notebooks auf, und die Ränder der Gehäuse berührten sich einen Moment lang wie zwei fremde Handrücken.

Der ehemalige Vorstandsvorsitzende, inzwischen ein gebrechlicher Mann im Rollstuhl: Noch immer liegt morgens der ausgedruckte Tagesplan seiner Privatsekretärin auf der Kommode im Hausflur.

Doch es sind schon lange keine Verhandlungen, Konferenzen und Geschäftsessen mehr darauf verzeichnet, sondern nur noch Termine bei Ärzten und Physiotherapeuten.

Kurz bevor die Autos zusammenstießen, war eine Hupe zu hören gewesen, und im Nachhinein klang sie wie ein Aufschrei vor dem Schmerz, wie ein instinktiver Laut, und nicht wie ein reaktionsschnell ausgelöstes Signal.

Das allgemeine Einziehen der Knöchel, wenn jemand durch den schmalen Zwischengang des Flugzeugs geht.

Der junge Wissenschaftler stellte in aller Souveränität sein neues Buch vor, doch als sein früherer Professor bei der anschließenden Diskussion eine Frage an ihn richtete, wirkte er sofort wieder wie ein nervöser Student.

Morgens um vier ging hinter einem Fenster des stockdunklen Wohnhauses gegenüber ein Licht an, und in ihm formte sich plötzlich das Wort *Leuchtturm*.

Das leichte Erschrecken, wenn in nationalsozialistischen Dokumenten, die von Zukunftsprognosen handeln, eine Jahreszahl nach 1945 auftaucht. In einem Bericht über die Ermordung von Psychiatriepatienten etwa berechnet ein Statistiker im vorletzten Kriegsjahr, dass »der Erfolg der Aktion« eine Einsparung von »einer Milliarde Reichsmark bis 1951« bedeuten würde. Als würde sich die Jahreszahl für einen Augenblick verdunkeln, als wäre ihre neutrale Gestalt plötzlich kontaminiert.

In der Ecke der Dönerbude lief der Fernseher, ein türkisches Programm. Es war Sonntagabend, kurz nach halb neun, und die Sendung ließ sich trotz der unverständlichen Sätze und Schriftzüge sofort als Castingshow identifizieren, als eine türkische Variante von »Deutschland sucht den Superstar«. Alles folgte dem bekannten Muster: die aufgeregte Miene der Kandidatin nach dem Ende ihres Songs; die Juroren, besetzt nach festen Typen (der Unerbittliche, die Mitfühlende, die Schrille); die beiden gutaussehenden, etwas ungelenken Moderatoren. Es standen noch drei Kandidaten zur Wahl, die finale Abstimmung wurde in der gewohnten Weise in die Länge gezogen, und für den Betrachter ergab sich eine eigentümliche Szene: Das Mädchen, das gerade ein Whitney-Houston-Lied gesungen hatte, erwartete zitternd das Votum der Jury – und dennoch wirkte die spannungsgeladene Atmosphäre vollends wie programmiert. Nicht nur die Dekoration im Studio entsprach haargenau dem universalen Vorbild, sondern auch die Verlaufskurve der Emotionen.

Dem grippekranken Kind, das morgens an der Hand seines Vaters zum Arzt ging, kamen immer wieder Klassenkameraden entgegen, die auf dem Weg zur Schule waren. Jedesmal, wenn ein bekanntes Gesicht mit dem Schulranzen auf dem Rücken vorbeiging, blieb das Kind kurz stehen und drehte sich um: Der Tag hatte die falsche Richtung!

Am Strand in Kroatien saß ein Paar mit seinem Kleinkind, und minutenlang ließ sich nicht bestimmen, woher die Familie kam, weil sich die drei ausschließlich in Babysprache miteinander verständigten.

Diese Geschichte spielte zu einer Zeit, als die Menschen ihre Handys beim Telefonieren noch ans Ohr hielten.

Am Nachmittag lungerten einige Pizzaboten vor dem italienischen Schnellimbiss herum. Es gab gerade nichts zu arbeiten für sie, und in Gestalt der Kuriere, die für ihre möglichst schnellen Transportdienste bezahlt wurden, wirkte dieses Nichtstun noch passiver, auf beinahe demonstrative Weise lasch.

Er wusste nicht, durch welche Kleinstadt der Zug gerade fuhr, und suchte nach einem Autokennzeichen auf den Straßen.

Spätabends saß noch eine Frau in dem Ladenbüro, ihr riesiger Apple-Monitor die einzige Lichtquelle, und plötzlich war er sich sicher, dass dieses Bild in hundert Jahren einmal genauso stellvertretend für die Sphäre der »Arbeit« stehen würde wie heute die Schwarz-Weiß-Aufnahme eines schmutzigen Bergmanns vor dem Förderkorb seiner Grube.

Vergessene Gerüche: der erkaltete Zigarettenrauch in einer Telefonzelle.

Er trat ein paar Schritte zurück, um der jungen Verkäuferin, die das Geschenk einpackte, die Nervosität zu nehmen.

Die Regentropfen auf dem abgerissenen Mantel des Mannes in der U-Bahn schienen langsamer zu trocknen als die auf der Kleidung der anderen Fahrgäste.

Die Kioskbesitzerin stand rauchend vor ihrem Laden, und als ein Kunde das Geschäft betrat, legte sie die Zigarette auf einen Vorsprung in der Wand. Die schwarze Stelle verwies darauf, dass sie das schon seit Jahren so machen musste.

Er hatte seine Schäfchen ins Trockene gebracht, so lange schon, dass sie zu verdorren begannen.

Im Radio hinten in der Küche der Imbissbude lief ein Classic-Rock-Sender, und jedesmal, wenn der Refrain eines Songs erklang, begann die Bedienung vorne leise mitzusummen.

Abends am Flughafen machen die Geschäftsreisenden einen abgekämpfteren Eindruck als die anderen Passagiere. Die weißen Hemden unter den Sakkos, am Morgen noch glatt und strahlend weiß, quellen an den Seiten heraus, und man glaubt schon von Weitem die dunklen Ränder an den Kragen zu erkennen. In die Flugzeugsitze fallen Körper, die weicher und schlaffer sind als auf dem Hinflug, als hätte die stützende Kraft einer Hilfsvorrichtung nachgelassen. Die Haltbarkeit der Figur »Geschäftsmann« beträgt ungefähr zehn Stunden.

Das Wort, das ihm auf der Zunge lag und nun endgültig im Nichts verschwand – es rutschte ab wie ein Bergsteiger, der noch eine Weile versucht hatte, sich an der Felswand festzuklammern.

Auf der Straßenseite gegenüber sah er eine alte Bekannte, und plötzlich kam es ihm wie eine Form der Wertschätzung vor, nicht ihren Blick zu suchen und ein paar bemühte Sätze zu wechseln, sondern an die gemeinsame Zeit zu denken und an ihr vorbeizugehen.

Nach dem Gangsterfilm im Kino: Die nicht aufgegangenen Maiskörner aus der Popcorn-Tüte, die sie während der Vorstellung auf den Boden geworfen hatten, kamen ihm jetzt vor wie die verstreuten Projektile nach einer Schießerei.

»Lincoln Dry Cleaners«, Venice Beach: Inmitten der schäbigen Gestalten und Läden lag plötzlich dieser Ort der Reinheit, der nach Waschpulver duftete und dessen Oberflächen so makellos waren, dass man ohne jede Scheu die frisch gewaschene und getrocknete Kleidung darauf ausbreitete. Waschsalons in Metropolen, seltsame Schauplätze: Man findet sie in jenen Straßen, in jenen Gegenden, in denen das Zwielicht und der Staub regieren, gedacht für den letzten Rest der Einwohnerschaft, der sich immer noch keine Waschmaschine leisten kann. Dort, wo ihre Sauberkeit keinen scharfen Kontrast zur Umgebung bilden würde, gibt es sie nicht.

Die Eltern im Park spielten mit ihrem Kleinkind in der Mitte »Engelchen flieg«, und der alleinerziehende Vater ein paar Meter dahinter, mit seiner Tochter an der Hand, schien kurz traurig den Kopf zu senken. Er konnte seinem Kind alles geben, nur nicht die Symmetrie der Hände, die dieses Spiel erforderte. (Er erinnerte einen Moment lang an einen Ringrichter, der das Urteil nach dem Ende des Kampfes mit nur einem Boxer am Arm verkündet.)

»Es war drei Uhr. Das ist der Augenblick am Tag, den ich am meisten verabscheue. Keines der kleinen Ereignisse des täglichen Lebens heitert ihn auf.« (Emmanuel Bove)

Im Nagelstudio an der Hauptstraße waren am frühen Nachmittag ein paar Sitze belegt, doch an der Art, wie die Frauen in den Sesseln herumlungerten, erkannte man, dass sie Mitarbeiterinnen waren und nicht Kundinnen.

Untrügliches Zeichen einer misslungenen deutschen Filmkomödie: dass erwachsene Männer einander im Gehen anrempeln, um ihre Freundschaft zu demonstrieren.

Der Polizist schob den Strafzettel fast ehrfürchtig unter die Scheibenwischer des Ferraris.

Im Bahnhof verstaute er seine Reisetasche im Schließfach, und als er nach dem Einwerfen der Münzen den gezackten Schlüssel in der Hand hielt, fühlte er sich einen Moment lang, als wäre er die Figur eines Kriminalfilms. Ein Schließfachschlüssel: Kein anderer Gegenstand setzt auf ähnliche Weise sofort eine *Geschichte* in Gang.

Eine Autobiografie, zusammengesetzt aus allen je verwendeten Passwörtern.

Sie stand am Rand eines belebten Boulevards und rief »Taxi«, ins Nichts hinein, wie in einem alten Film. (Mit dem Unterschied, dass dann keines kam.)

Die Gitarrenakkorde des Straßenmusikers beschallten die enge Fußgängerzone, als wären sie eine natürliche Geräuschkulisse. Ohne sie wäre das Bild der ewiggleichen Filialen der Modeketten und Mobilfunkfirmen unvollständig geblieben; es hätte die Tonspur gefehlt, wie bei einem laufenden Fernseher hinter dem Schaufenster eines Elektrogeschäfts.

Der Eiskunstlauf-Trainer an der Bande, der seinen Schützling dirigierte und sich im Takt der Musik bewegte: halb Coach, halb Tänzer.

Das Paar, das sich seit langem nichts mehr zu sagen hat und nur wegen der gemeinsamen Tochter zusammenbleibt: Mittlerweile nehmen sie das Mädchen ständig in die Mitte, beim Spaziergang im

Park, im Hotelbett im Urlaubsort, auf dem breiten Sofa beim Fernsehen. Als das Kind eines Abends, vor der rituellen Gute-Nacht-Sendung, etwas später als die Eltern Richtung Couch läuft und neben dem Vater zu sitzen kommt, ist die Unruhe sofort zu spüren; etwas scheint nicht zu stimmen, und nach ein paar Sekunden steht die Mutter auf, geht um den Couchtisch herum und setzt sich neben ihr Kind, wie eine Kinobesucherin mit Platzkarte, die plötzlich bemerkt, dass sie den falschen Sitz gewählt hat.

Die weiße Billardkugel war übersät mit kleinen türkisen Punkten: der Ausschlag des Gebrauchs.

Auf dem Langstreckenflug gefiel ihm der Film, den er im Bordprogramm ansah, plötzlich viel besser als ein paar Monate zuvor im Kino. Ob der vielbeschriebene Wandel des Geschmackssinns in zehntausend Metern Höhe auch für den Bereich des Ästhetischen gilt?

Er hatte das Ansinnen des Bettlers im Bahnhofsgebäude mit einem Kopfschütteln zurückgewiesen, und nun sah er dem Mann dabei zu, wie er entlang der Gleise weiter zog, von Passant zu Passant – seine Umrisse wie eine ausgemergelte Plastiktüte im Wind, die im langsamen Zickzack am Horizont verschwindet.

Wenn sie spricht, wird ihre Stimme von Zeit zu Zeit plötzlich leiser, als hätte jemand einen Lautstärkeregler nach unten gedreht.

Eine Frau kam aus der Kirche. Sah sie anders aus als jemand, der ein Kaufhaus verlässt? Ein Fitnessstudio? Ein Bürgeramt?

Einer stürzte eine Handvoll Erdnüsse hinunter wie ein Selbstmörder seine Pillen.

Los Angeles: Auf der Suche nach dem Punkt, an dem die endlosen Boulevards entspringen, als wären sie Flüsse.

Die Ampel an der Auffahrt zum verstopften Freeway schaltete zwischen jedem Fahrzeug kurz auf Rot, um den Verkehrsfluss zu regulieren: Als endlich auch er an die Reihe kam und alles genauso ablief wie vorgesehen, verspürte er für einen Moment ein Gefühl der Weltzugehörigkeit.

Die beiden Labradore in der Villa lagen so formvollendet vor dem Couchtisch, als wären sie Teil einer Choreografie.

Wieder einmal einen Kaugummi verschluckt (das Drama der Kindheit).

Der einzige geglückte Moment des Tages: als er eine zerknitterte Fünf-Euro-Note in den Fahrkartenautomaten schob und der Schein tatsächlich angenommen wurde.

Das Einrad auf dem Boden lag da wie eine vergessene Prothese.

Ein Paar am Nebentisch führte ein Gespräch, das vertraut wirkte und gleichzeitig wie ein erstes Herantasten. Die beiden schauten sich von Zeit zu Zeit lange in die Augen, wie zwei, die sich der Zuneigung des anderen sicher sein können, und doch hörte man immer wieder Sätze und Fragen, die nur zwischen Menschen fallen können, die kaum etwas vom anderen wissen (»Isst du eigentlich Fleisch?«, »Ich mache in der Stadt ja alles nur mit dem Rad.«). Es war das erste Treffen einer online angebahnten Bekanntschaft, dem vermutlich lange und innige Bildschirm-Dialoge vorangegangen waren. Jetzt hatten sie sich zum ersten Mal tatsächlich verabredet – ein Liebespaar, bestehend aus zwei Menschen, die sich gerade kennenlernten.

Kurz bevor das Gewitter einsetzte, schien das Stimmengewirr unten auf der Straße dringlicher zu werden, so als drohten auch die Verhältnisse zwischen den Menschen vor einem Ausbruch zu stehen.

Der Blitz: wie das Aufleuchten eines Arms, der eine unsichtbare Bombe schleudert. Alles wartete auf die Detonation.

Dass er heute ungewöhnlich spät in dem Gebäude ankam, zeichnete sich auch daran ab, dass die Papierkörbe voller waren als sonst.

Die Wolken sahen aus wie Zeppeline.

In der Bäckerei, der Filiale einer neuen, mondän eingerichteten Kette, bestellte ein Kunde einen Cappuccino zum Mitnehmen. Die ältere Verkäuferin hinter der Theke, das Musterbild einer Großmutter mit geblümter Schürze über der Kleidung, hantierte an der Espressomaschine, erwiderte die Bestellung mit einem fast stolz wiederholten »to go, richtig?« und bereitete den Milchschaum in einer kleinen Kanne zu. Ihr Bemühen, den fremden Namen und Handgriffen möglichst versiert Genüge zu tun, hatte in diesem Moment etwas Entwürdigendes: Da stand sie, eine Repräsentantin des Filterkaffees und Verwöhnaromas, und war, um ihre Rente aufzubessern, zur beflissenen Agentin der Barista-Kultur geworden.

Die vielen Piercings im Gesicht der Frau wirkten wie ein Akt der Selbstgeißelung. Autovoodoo.

 Tagebuch (1), *Montag*. Sicher der Wochentag mit dem schlechtesten Ruf; man denke nur an die unzähligen Montagsbeschimpfungen in der Popmusik, die vom Ende der großen Party handeln und dem Beginn einer endlosen Arbeitswoche. »Every other day of the week is fine, but whenever Monday comes you can find me cryin'«, singen The Mamas and the Papas, und bei den Boomtown Rats, im berühmtesten aller Montags-Schmähliedern, wird der Schrecken dieses Tages sogar für den Amoklauf einer Schülerin verantwortlich gemacht: »I want to shoot the whole day down!« Nichts scheint das Gewebe der Woche unerbittlicher zu durchtrennen als das Klingeln des Weckers am Montagmorgen; von einem Moment auf den anderen wird die freie durch die gebundene Zeit ersetzt, und im Gegensatz zu den anderen Wochentagen ist die Kluft zwischen Sonntag und Montag schon im Augenblick des Erwachens unermesslich.

Aber stimmt das Bild des schroffen Bruchs tatsächlich? Die Montagsausgaben der Tageszeitungen etwa, mit ihrer ausführlichen Berichterstattung über sportliche und gesellschaftliche Ereignisse, haben sich nicht ohne Grund immer besser verkauft als die der Werktage darauf. Der Montag profitiert noch von den Zinsen, die das Kapital des Wochenendes abgeworfen hat, und das kennzeichnet auch, bei allen obligatorischen Beschwerden, die Atmosphäre in den Büros und Konferenzräumen. Sie ist lebendiger und frischer als am Dienstag oder Mittwoch; man hat sich etwas zu erzählen. Könnte es sein, dass die allgemeine Ächtung des Montags nicht mit dem eigenen, erheblich milderen Gefühl übereinstimmt? Die Verdammnis dieses Tages geht vermutlich auf Arbeitszeitbestimmungen zurück, die den Montagmorgen, nach einer flüchtigen Ruhepause am Sonntag, tatsächlich zum undankbaren Beginn einer Sechs-Tage-Woche gemacht haben. Das heutige Klageritual lässt sich aber in immer selteneren Fällen mit wirklicher Arbeitsbelastung begründen. Dass es überlebt, weist zum einen darauf hin, wie langsam sich der Bedeutungsgehalt der Wochentage ändert, wie groß noch der Anteil der überkommenen Affekte an ihrer gegenwärtigen Gestalt ist. Zum anderen aber hat das Beharren auf der Montagsschelte im Büroflur – gerade durch die immer stärkere Ausdehnung der freien Zeit – eine Schutzfunktion. Denn wer wie selbstverständlich auf den Beginn der Arbeitswoche schimpft, gibt zu erkennen, dass die private Wochenendexistenz genügend Erfüllungspotenzial aufweist, um ihrer Unterbrechung nachzutrauern. Für den Montag einzutreten hieße, sich verdächtig zu machen, auch wenn das Gewicht des Sonntagnachmittags bei vielen ohne Weiteres mit der Mühsal des Aufstehens am Morgen darauf konkurrieren könnte.

 Die Banknoten kamen leicht gekühlt aus dem Geldautomaten (Bédoin, Provence).

In der überfüllten U-Bahn war plötzlich eine ganze Vierergruppe unbesetzt – das Erstaunen im Vorbeigehen, dass kein Haufen Erbrochenes zwischen den Sitzen lag.

Sommerbild: der Rasensprenger, der die leeren Fußballplätze wässert.

Er kann keine Kugelschreiber mit offener Mine liegen lassen; sie machen ihn unruhig wie ein laufender Wasserhahn.

Die Obdachlosen im Park sahen aus wie verbrannt.

Im Schreibwarengeschäft legte er gleichzeitig mit einem zweiten Kunden die Münzen auf den Tresen. Die Verkäuferin schob ihm als Wechselgeld zwei Fünfzig-Cent-Stücke des anderen entgegen – eine zu direkte Zirkulation des Geldes, gegen die er sich im ersten Moment fast verwehren wollte. Auch wenn jede Banknote, jede Münze offensichtlich durch Hunderte von Händen gegangen sein muss, bevor sie vorübergehend im eigenen Besitz landet, war dieser Transfer zu intim, und es kam ihm kurzzeitig wie eine Übertretung vor, die Fünfzig-Cent-Stücke in Gegenwart des anderen an sich zu nehmen. Im ewigen Kreislauf des Geldes scheint es eine Art Karenzzeit zu geben, die zwischen zwei Besitzern liegen muss. Die Kasse im Laden hätte eine solche Sperrfrist geboten. Sie wäre ein geschützter Innenraum gewesen, in dem sich die Münzen sofort neutralisiert und ihre Zugehörigkeit zum letzten Besitzer abgelegt hätten. Ihr Übergang vollzog sich aber in aller Offenheit, mit einer einzigen Handbewegung, und als er die beiden Fünfzig-Cent-Stücke einsteckte, hatte er das Gefühl, dass sie ihrem Wert nach zwar seine waren, als bloße Dinge aber noch dem Kunden neben ihm zustanden.

Nachts am Fluss leuchtete plötzlich eine helle Stelle auf, die sich beim genaueren Hinsehen als Display eines Laptops erwies. Der Anblick löste fast so etwas wie Enttäuschung aus, als sei ein Flussufer im Sommer der letzte Ort, an dem nur ein Feuer als Lichtquelle im Dunkeln dienen darf.

Kafkas Taschenuhr ging Anfang 1915, wie er im Tagebuch schreibt, »seit einem 1/4 Jahr um 1 1/2 Stunden voraus« und wurde von seiner ehemaligen Verlobten Felice Bauer bei einem Wiedersehen »auf die wirkliche Minute« eingestellt.

Die Taxifahrerin zuckte kurz zusammen, als er die Tür ihres Wagens öffnete.

Sonntagvormittag auf dem weitläufigen Friedhof: Alle, die ihm auf den parkähnlichen Wegen entgegenkamen, waren hier wegen ihrer Nähe zu einem verstorbenen Menschen. Dieses Wissen brachte einen besonderen Passantenstrom hervor. Die Menschen hier kannten einander nicht, wie üblich auf den Wegen durch die Großstadt, aber sie waren alle *Angehörige*, und diese Übereinstimmung schuf eine seltsame Verbundenheit. Manchmal wurde sogar ein Gruß ausgetauscht.

Das allgemeine Jauchzen, wenn sich das Wellenbad wieder in Gang setzt.

Die beiden Uhren nebeneinander, die identischen Winkel zwischen den Zeigern auf den Zifferblättern, erinnerten ihn plötzlich an Synchronschwimmerinnen.

Einer sagte »Spass«, mit kurzem a, und in Gedanken sah er jemanden, der nervös seinen Krawattenknoten löste.

Ein Hundertsassa

Er war angekommen in der fremden Großstadt, als er zum ersten Mal mit anderen Passagieren einer U-Bahn hinterherrennen musste.

Sogar die Art, wie sie den Türöffner drückte, wenn er klingelte, kam ihm gehässig vor.

In der Bäckerei am Stadtrand saß ein Paar in schwerem Gespräch, und es schien, als hätten die beiden diesen unscheinbaren Ort, frei von allen Vorlieben und Erinnerungen, mit Bedacht gewählt, um hier den Schlusspunkt unter ihre erkaltete Liebe zu setzen. Hinter der Frau stand eine vollgepackte Stofftüte, vermutlich die Sachen, die er über die Monate oder Jahre hinweg in ihrer Wohnung gelassen hatte. Sie redeten mit tonlosen Stimmen aufeinander ein, alles war seit langem gesagt; nur manchmal wurde die alte Vertrautheit für einen Moment spürbar, in einem Lächeln etwa, das seine Bemerkung über eine Kundin an der Theke bei ihr hervorrief. Aber nun war es vorbei, und nur die Übergabe der liegengebliebenen Dinge stand noch aus, in einer Backstube an der Ausfallstraße, auf neutralem Gebiet – die Glienicker Brücke ihrer zerrütteten Beziehung.

Die junge Frau war so stark tätowiert, dass auch der blaue Fleck auf ihrem Unterarm wie eine Körperverzierung wirkte.

Elternabend in der Grundschule: die Verwunderung darüber, dass die Uhren auf den Gängen tatsächlich funktionieren, so weit außerhalb der Schulzeit.

 Der Deutschlehrer in einer 1904 entstandenen Sherlock-Holmes-Erzählung heißt »Heidegger« (»Die Abtei-Schule«).

Wenn Holmes in einem Fall die Fährte aufgenommen hat, stellt er das Essen ein. Detektivische Arbeit als Form der Askese.

Am unrasierten Kinn des Klienten erkennt Sherlock Holmes, dass das tragische Ereignis, das den Mann zu ihm nach London geführt hat, sich schon vor ein paar Tagen abgespielt haben muss. Bartstoppeln am Kinn: 1904 das untrügliche Indiz für eine Ausnahmesituation. Im Lauf des 20. Jahrhunderts bleibt diese Zeichenkraft des unrasierten Männergesichts lange Zeit bestehen. Wann ist es zum ersten Mal ohne Bezug auf eine *Geschichte* aufgetaucht? Wann haben Bartstoppeln ihren Status als Zeichen einer Unterbrechung, als Krise des geregelten Lebens verloren? Vielleicht in den achtziger Jahren, mit Don Johnson und der Fernsehserie *Miami Vice*? Seitdem heißt das unrasierte Gesicht »Dreitagebart«, und allein der Name lässt erkennen, dass sich eine aus den Fugen geratene Situation zu einem Modevorschlag unter anderen gewandelt hat.

Wenn sie über ihre Arbeit redet, ändert sich sofort ihre Stimme.

Die Garderobenfrau nahm seine Jacke entgegen, und als sie beim Aufhängen sah, dass die Schlaufe im Innenfutter des Kragens abgerissen war, quittierte sie dieses Missgeschick mit einem strafenden Blick.

Der Patient im Wartezimmer löste das Kreuzworträtsel der Zeitschrift so schnell, als würde er ein Formular ausfüllen.

Zwei Geschäftsmänner, ein erfahrener und ein junger, die im Flughafenrestaurant etwas zu feiern haben, offenbar den Abschluss eines Vertrags: Der alte Haudegen, gestählt in unerbittlichen Verhandlungsrunden, bestellt zur Feier des Tages eine Flasche des teuersten Champagners (»Bringen Sie in einer Viertelstunde noch mal dasselbe, Fräulein«) und lässt, unterbrochen von lautem, heiserem Gelächter, die raffiniertesten Einzelheiten des Deals noch einmal Revue passieren. Seinem Gegenüber fällt es schwer, Schritt zu halten, sowohl mit der Geschwindigkeit des Trinkens wie mit dem Grad der Ausgelassenheit. Irgendwann gibt er sich einen Ruck, stimmt in die selbstverliebte Nacherzählung ein, aber seine Unsicherheit ist ihm weiterhin anzumerken; er muss die polternden Lacher am Ende seiner Sätze erst ausprobieren, wie eine Maschine, die man einen Gang höher schaltet.

 Die Fussel am Kragen ihres Pullovers rührten ihn plötzlich.

Die Kameraeinstellung in dem alten Kinofilm änderte sich über viele Sekunden hinweg nicht, und er wunderte sich einen Moment lang, dass die Leinwand nicht dunkler wurde und in den Energiespar-Modus umschaltete wie ein Computerbildschirm oder ein Handy-Display.

In Verkehrsmitteln gibt es keine Männer- und Frauen-Toiletten, auch wenn der Raum für diese Unterteilung ohne Weiteres vorhanden wäre. Der Körper der Reisenden, im Zug oder im Flugzeug, scheint weniger stark von ihrem Geschlecht geprägt zu sein.

Kurz nach ihm kam eine Frau in den Vorraum der Bank, um an einem der Automaten Geld abzuheben. Der Gleichklang der Geräusche an den dicht beieinander stehenden Maschinen – der übermäßig laute, fast schrille Ton bei jedem Tastendruck, der identische Rhythmus beim Eingeben der vierstelligen Geheimzahlen – stellte eine Verbindung zwischen ihnen her, die sie beide spürten. Als die Frau ihre Geldscheine einsteckte und sich von dem Automaten wegdrehte, lächelte sie für einen Augenblick herüber.

Die Frau im Speisewagen bewegte die Seiten ihres iPads mit dem kleinen Finger.

Unter den herumlungernden Jugendlichen war eine, deren Schönheit bereits wie eine Profession wirkte.

Die Sacré-Cœur-Kirche auf dem Montmartre, an einem Samstagmittag: Der überfüllte Kirchenraum erfüllt drei Funktionen gleichzeitig. Er ist Sehenswürdigkeit für Paris-Besucher, Arbeitsplatz für Souvenirhändler und Sicherheitspersonal und tatsächlich auch Andachtsraum der ins Gebet Versunkenen. Die Nonne, die in einem Seitenflügel auf der Bank kniet, wird immer wieder von einer Gruppe Touristen angerempelt, die sich im vorgegebenen Parcours, gegen den Uhrzeigersinn, durch das Kirchenschiff drängt. Eine fast unmögliche Vorstellung, dass die Frau in dem Getümmel tatsächlich auf innere Einkehr hofft. Aber sie lässt sich in ihrem Gebet nicht unterbrechen, eignet sich den Ort ganz selbstverständlich an, genauso wie die Händler ein paar Meter weiter, an den gewölbten Rändern des Schiffs, die ihre bedruckten T-Shirts und Kaffeebecher anpreisen, als wären sie in einer gewöhnlichen Markthalle.

Lord Byron, Walter Scott und Talleyrand hatten einen Klumpfuß (Balzac, *César Birotteau*).

Ein Haufen weggeworfener Zigarettenstummel: ein Bild, das allenfalls noch auf Bahngleisen wie selbstverständlich wirkt.

Nabokovs *Erinnerung, sprich*: Diese Kindheit ist allein deshalb schon auf 500 Seiten erzählbar, weil so viele Personen zum Haushalt gehören, die beschrieben werden müssen und in die Handlungen verstrickt sind (eine beinahe fünfzigköpfige Dienstbotenschaft im St. Petersburger Stadthaus und dem nahegelegenen Landsitz). Der Ausdruck »Romanpersonal« ist in Erzählungen von begüterten Familien Anfang des 20. Jahrhunderts wörtlich zu nehmen.

Der Chauffeur der Nabokovs erreichte mit seinem Wagen im Jahr 1912 bereits eine Geschwindigkeit von 100 Kilometern in der Stunde.

Las Vegas, am Sonntagmorgen: Der Platz vor dem großen Casino war übersät mit den Visitenkarten von Prostituierten. Es sah aus wie nach einem Faschingsumzug, doch anstelle der Bonbonpapiere und Luftschlangen lagen da nur verstreute Bilder von halbnackten Frauen, das Escort-Konfetti der Nacht.

Auf Fragen antwortet er gerne mit »absolut«: ein stählernes Wort, das Einverständnis signalisieren soll, aber tatsächlich ein Hinweis darauf ist, dass ihn das Gespräch nicht sonderlich interessiert; ein gepanzertes Ja, das eigentlich ein Nein ist, eine Verweigerung weiteren Austauschs.

Die spitze Seite des Strohhalms, die sich ohne Anstrengung in die Safttüte stechen ließ. Die ersten Bisse in das Capri-Eis, wenn die Zähne noch nicht den rauen Holzstiel in der Mitte berührten (Momente des Kindheitsglücks).

Eine neue Liebe, die daran scheitert, dass einer von beiden beim ersten gemeinsamen Ausflug, einer Fahrradtour aufs Land, mit einem Helm auf dem Kopf an der S-Bahn-Station erscheint.

Am frühen Abend im Regionalzug: Von Zeit zu Zeit waren auf der Fahrt über die Dörfer Fußballplätze mit trainierenden Mannschaften zu sehen, quer übers Feld. Gefühl der Geborgenheit.

An der Kreuzung wartete er auf einen Freund, und als eine Windböe durch die Straßen ging, hielt er sie für ein Vorzeichen seiner Ankunft. Die Ungläubigkeit dann, dass der andere nicht sofort kam.

Die Masseurin am Hotelstrand wäscht sich jedes Mal die Hände im Meer, nachdem sie einen Gast behandelt hat.

 Vor dem Café parkte der Wagen eines Car-Sharing-Unternehmens, und plötzlich sah er, wie der grüne Punkt rechts unten an der Windschutzscheibe dunkel wurde und der gelbe aufleuchtete – jemand hatte sich das Auto gerade auf dem Smartphone reserviert.

Als der Bus wieder anfuhr, trat die ältere Dame sofort zur Tür, drückte den Halteknopf und blickte zur roten Leuchtanzeige im vorderen Teil des Fahrzeugs. Sie schien beseelt von der Gewissheit, dass einer ihrer Handgriffe wieder einmal einen spürbaren Effekt hervorgerufen hatte.

Kurz vor dem Stromausfall fing das WLAN-Symbol auf den Bildschirmen an zu flackern, so wie sich im unruhigen Knurren der Tiere in der Steppe eine Naturkatastrophe ankündigt.

Sonnenuntergang auf Sylt: Die Spaziergänger suchen sich ihre Plätze wie bei einer Theateraufführung; manche haben sich mit Bierflaschen in den Dünen niedergelassen, Paare stehen Arm in Arm an der Uferpromenade. Alles an dem vielleicht zehnminütigen Schauspiel ist auf den Moment hin ausgerichtet, in dem die dunkelrote Sonne endgültig hinter dem Horizont versinkt. Das Publikum erwartet diesen Moment mit Spannung – und dann, nachdem es geschehen ist, glaubt man die allgemeine Irritation zu spüren, dass es weiterhin hell ist, dass der letzte Ruck der Sonne, ihr fast schlagartiges Verschwinden nicht auch mit einer ebenso schlagartigen Veränderung der Lichtverhältnisse zu tun hat. Die Menschen beginnen sich wieder zu zerstreuen, beinahe unschlüssig.

Dass auch die Werke der Weltliteratur ihr ideales Lesealter haben: Wie bei Kinder- und Jugendbüchern sollte diese Angabe auf dem Umschlagrücken vermerkt sein, um dem Fehler einer zu frühen oder zu späten Lektüre vorzubeugen. »Max Frisch, 18 bis 22«, »Robert Musil: ab 45«.

Die Frau mit dem Pferdeschwanz stieg aus dem Taxi und löste auf der Straße sofort ihr Haar.

Zigarette und Smartphone: Aus dem öffentlichen Raum ist der eine Gegenstand in dem Maß verschwunden, in dem ihn der andere erobert hat. Im Herbst 2007 wurde deutschlandweit ein Rauchverbot in Zügen und öffentlichen Gebäuden eingeführt und bis zum Januar 2008 auch in Gaststätten. Der Erstverkaufstag des iPhones in Deutschland war der 9. November 2007. Seitdem ist die Waffe, mit der man die Zeit totschlägt, kein Genussmittel mehr, sondern ein technisches Medium. Kommunizieren statt inhalieren.

Diese Ablösung passt in eine Zeit, in der jede Gefährdung der eigenen Gesundheit und Hygiene geächtet und der Befehl zur Vernetzung allgegenwärtig ist. Bis vor fünfzehn Jahren wurde die verrauchte Kleidung nach dem Ausgehen wie eine natürliche Imprägnierung akzeptiert (unvergessen das Nach-Hause-Kommen in der ersten Nacht des Rauchverbots, als der geruchlose Pullover fast wie ein Schock wirkte, so als hätte der Abend gar nicht stattgefunden). Inzwischen ist Zigarettenrauch in der Öffentlichkeit nichts weiter als eine giftige Wolke, deren Ausbreitung so rigide wie möglich begrenzt werden muss, auf gläserne Ghettos in Bahnhöfen oder Flughäfen, in denen die letzten Süchtigen zusammengepfercht werden. Websites und Apps dagegen produzieren keine gesundheitsschädlichen Effekte. Als sich das Handy vor einem Vierteljahrhundert etablierte, warnte man zwar vor »Elektrosmog«, aber das war nur jenes skeptische Grundrauschen, das den Siegeszug aller technischen Erfindungen begleitet.

Heute tippen und scrollen die Passanten vor sich hin, der Blick auf das Display hat das Rauchen ersetzt, und zwar so konsequent, dass es beim Anschauen älterer Filme inzwischen zu Fehlwahrnehmungen kommt. In der Gesäßtasche einer Jeans zeichnet sich ein rechteckiger Gegenstand ab, ohne Zweifel ein Telefon, doch dann zieht das Mädchen in dem Siebziger-Jahre-Krimi eine Marlboro-Schachtel heraus. Und plötzlich meint man, überall Bezüge zwischen dem alten und neuen Grundaccessoire des Lebens zu entdecken. Ist die Geste, beim Feuergeben mit der gewölbten Hand den Wind abzuhalten, nicht exakt in dem Versuch nachgebildet, im Sonnenlicht ein Handyfoto zu betrachten? Wiederholt die Wischbewegung beim Entsperren des iPhones nicht das Entzünden eines Streichholzes? Das Rauchverbot-Zeichen über den Flugzeugsitzen wurde mittlerweile durch ein Handyverbot-Zeichen ersetzt, der Zigarettenanzünder im Auto durch einen USB-Anschluss. Und selbst die Rolle der »Zigarette danach« nimmt heute das Smartphone ein, wie ein Technologieunternehmen kürzlich in einer Umfrage ermittelte; nach dem Sex wird nicht mehr geraucht, sondern man checkt seine WhatsApp-Nachrichten.

Nikotin belastet die Lunge zweifellos stärker als das Bedienen von Touchscreens, aber immerhin war das Rauchen einer Zigarette ein fünfminütiger Akt reiner Gegenwart, während der unentwegt wiederholte Parcours von Instagram zum Mailaccount zu Twitter von Erwartung geprägt ist, von der so selten gestillten Sehnsucht nach der alles verändernden Nachricht, dem alles verändernden Tweet.

Im Rauchen schien zudem eine Ahnung von Autonomie auf: Nicht umsonst klang in dem Satz »Ich geh mal kurz Zigaretten holen ...« die Möglichkeit an, jemand könne einfach verschwinden, alle Bindungen hinter sich lassen und ein neues Leben anfangen. Würde man dieses Ausbrechen einem Menschen zutrauen, der mit den Worten »Ich geh mal kurz raus zum Telefonieren« das Haus verlässt? Eher nicht. Die Ortungsfunktion seines Smartphones würde ihn ohnehin lokalisieren.

München, U-Bahn-Zwischengeschoss Sendlinger Tor: Der mysteriöse Duft nach süßlichem Gebäck im Raum mit den Geldautomaten der Sparkasse. Seit Jahrzehnten schon der Vorsatz, dem Ursprung dieses Geruchs auf die Spur kommen.

Der brillante Redner stockte gegen Ende zwei- oder dreimal, aber nicht aus einem Unvermögen heraus, sondern weil ihm der makellose Fluss seiner Worte selber unheimlich zu werden schien.

In der Atmosphäre des Luxusrestaurants, mit seinen streng choreografierten Bewegungen und Handgriffen, wirkte das Auspusten der Teelichter unter dem Rechaud wie eine Übertretung des Kellners.

Ein alter Freund, der auch das Private inzwischen nur noch im Jargon der Geschäftsbeziehung regeln kann. Das erste Telefonat nach längerer Zeit beginnt er mit dem Satz: »Du stehst seit Wochen wirklich ganz oben auf meiner To-do-Liste.« Wenn sie sich doch einmal zum Essen verabreden, zeigt sich, dass ihm das Delegieren in Fleisch und Blut übergegangen ist: »Reservierst du einen Tisch?«, fragt er ganz unbefangen, ohne jede Spur von Überheblichkeit; es versteht sich für ihn einfach von selbst, dass er nicht die Zeit dazu hat, tagsüber macht das seit Jahren seine Sekretärin.

Am Fenster des Flugzeugs wieder einmal die Vorstellung, dass die Wolkendecke aus fester Materie besteht, dass es möglich sein muss, in sie hineinzuspringen und von ihr getragen zu werden – und dann, beim Landeanflug, die leichte Enttäuschung, dass das dichte Geflecht, je näher man ihm kommt, sich immer mehr auflöst und als ein Gemisch aus losen, flüchtigen Schlieren erweist.

Bilder eines Feuerwerks in einem älteren Film: Nichts, das weniger die Spuren der Zeit in sich trüge, als das Aufgehen bunter Raketen im Himmel.

Liebesgeschichte: Einer, der unglücklich in eine Mitarbeiterin der Mautstation auf der Autobahn verliebt ist und stundenlang am Tag auf demselben Abschnitt der Strecke hin- und herfährt, um ihr zumindest beim Bezahlen an dem Mauthäuschen ein paar Sekunden nahe zu sein.

Im Bewusstsein der um 1970 Geborenen gibt es eine merkwürdige Übereinstimmung: Die eigenen Erinnerungen setzen ungefähr zu der Zeit ein, in der die Schwarz-Weiß-Bilder im Fernsehen endgültig von den farbigen abgelöst wurden. Alles, was allein durch medial vermittelte Bilder bekannt ist, trägt den Schleier des Gräulichen; das Selbsterlebte dagegen ist auch im Fernsehen bunt. Harmonie der Imaginationen und Apparaturen.

Das Kleinkind schien die Milch eher zu essen als zu trinken.

Stefan George suchte Ende des 19. Jahrhunderts in Berlin eine Wohnung in der Lothringer Straße, weil das Gymnasium des jungen, von ihm umschwärmten Hugo von Hofmannsthal in der Lothringerstraße in Wien gelegen hatte.

Die Adjektive drohten die Hauptwörter zu stalken.

Von drüben kam das Geräusch des Rasenmähers, merkwürdige Verbindung von Naturidylle und Verkehrslärm.

Der Leierkastenmann in der Fußgängerzone spielte seine Lieder, obwohl weit und breit kein Passant in der Nähe war.

Bei der Preisverleihung hielten die geehrten Journalisten und Wissenschaftler ihre Reden vor einem Stehpult – nur für den Schriftsteller, den Träger des Hauptpreises, wurde am Ende ein tiefer Sessel bereitgestellt, in dem er ein paar Seiten aus dem prämierten Roman vorlas. Warum diese Aufteilung? Für die Sphäre der Literatur wird reflexhaft ein kontemplativer Rahmen geschaffen, eine Form von Beschaulichkeit, die ihr die Kraft zu nehmen droht.

Die Frau betrat die Rolltreppe zögerlich, mit nur einem Fuß, als würde sie die Temperatur eines Gewässers prüfen.

Der Demenzkranke unter den Hochzeitsgästen leerte die Teller des Festmenüs mit besonderem Appetit.

In dem alten Roman, den er im Antiquariat gekauft hatte, steckte noch ein Lesezeichen zwischen den Seiten. Er konnte sich nicht von der Vorstellung lösen, dass die Person, der das Buch vor ihm gehört hatte, während der Lektüre (und zwar genau an jener Stelle, an der das Lesezeichen steckte) gestorben war.

Die Kassiererin ließ den Kassenbon, den der Kunde ausgeschlagen hatte, achtlos in die Warenablage gleiten.

Die umgedrehten Stühle auf den Tischen der Cafés am frühen Morgen: Schaubild des noch nicht begonnenen Tages.

In der Nähe seines Büros gab es eine türkische Imbissbude, an der er morgens und abends vorbeikam. Der keulenförmige, noch halb rohe Fleischspieß auf dem Hinweg; der schmale, vom stundenlangen Grillen fast schwarze Rest auf dem Rückweg – Tag für Tag die Zeichen der vergehenden Zeit, eine Art Stundenglas, dessen Bewegung nicht von oben nach unten, sondern von außen nach innen verlief.

Das kleine Mädchen mit den Krücken: unmöglich zu sagen, ob es spielt oder wirklich verletzt ist.

Der Schlüsselbund zur Tür der Almhütte fühlte sich so fremd an wie die knöchrige Hand der alten Bäuerin, der er gehörte.

Zwei, die sich zufällig in einer Bar kennengelernt haben, wollen die Nacht gemeinsam in der Wohnung des Mannes verbringen. In seinem Auto fahren sie zu ihm nach Hause, die Atmosphäre zwischen ihnen ist voller Erwartung, an jeder roten Ampel küssen sie sich leidenschaftlich. Sie erreichen die Straße, in der der Mann wohnt, in einem dichtbesiedelten Stadtteil, doch dann findet er keinen

Parkplatz. Er fährt zum ersten Mal an seinem Wohnhaus vorbei, ein zweites Mal, und bald schon sagt seine Begleiterin, er solle doch das Auto irgendwo abstellen, auf dem Gehsteig, an einer Kreuzung, das sei doch jetzt wohl egal, sie könnten sich den Strafzettel morgen teilen. Doch der Mann ist von akkurater Natur, er kann sich auch in dieser Situation nicht zu einer Ordnungswidrigkeit durchringen und fährt minutenlang durch das Karree seines Viertels. Die freudige Anspannung weicht nach und nach einer immer größeren Gereiztheit zwischen den beiden. Irgendwann bittet die Frau den Mann, anzuhalten; sie steigt aus und geht.

»Wir schreiben!«, rief das Mädchen beim Abschied seiner Freundin hinterher und deutete auf das Smartphone in seiner Hand. Wann hat dieser Satz die Aufforderung zum Telefonieren abgelöst?

Die junge Frau lehnte mit verschränkten Armen am offenen Fenster des Bürogebäudes und sah hinunter auf die Straße, so wie man es sonst nur von älteren Menschen in Wohnblöcken kennt.

»Weiße Nächte« in St. Petersburg im Juli: die fast unwirkliche Atmosphäre auf dem Baltischen Bahnhof kurz vor Mitternacht. Der Ort trägt alle Insignien des Zwielichtigen; Betrunkene liegen auf dem

 Boden, überall heiseres Gelächter, der Geruch von Alkohol. Aber kein Schleier der Dunkelheit umhüllt das Geschehen; es wirkt wie ausgeleuchtet, nachgestellt, als würde ein Regisseur am helllichten Tag eine nächtliche Bahnhofsszene proben.

Die Frau im Zugabteil zog ihren Pullover aus, und ihr Ehemann hielt ihr das T-Shirt am Bauch fest.

Ein Hotelgast saß im sprudelnden Whirlpool, alleine, die Arme um den Beckenrand gelegt. Zwei junge Frauen links und rechts von ihm waren in diese Geste schon einbezogen.

Der Vorplatz des Krankenhauses an einem Sommerabend: Im Vorbeigehen wirkt die Szene unbeschwert, fast heimelig; Menschen, die auf Bänken zusammensitzen, sich unterhalten oder in einem Buch lesen; manche haben einen Pappbecher mit Kaffee dabei, manche ein Sandwich. Erst mit Verzögerung werden die kleinen Differenzen zwischen dieser Gemeinschaft und den Menschengruppen drüben im Park und in den Straßencafés sichtbar: die Pantoffeln an den Füßen des einen, der Verband am Handrücken des anderen. Und auf einen Schlag verwandelt sich das beschauliche Ensemble in das Zerrbild einer Picknick-Gesellschaft (ein Mann im Bademantel schiebt sogar seinen Infusionsständer vor sich her).

Er streifte seine Handschuhe über wie ein Profikiller kurz vor der Tat.

Als die Verkäuferin in der Metzgerei das Fleisch zuschnitt, sah er, dass sie Linkshänderin war. Sofort bekam ihre Tätigkeit, so profan sie sein mochte, eine besondere Ausdrucksstärke, fast eine Art künstlerischer Eleganz.

Der Bruch in einem gleichförmigen Leben, der damit einsetzt, dass sich jemand eines Tages entscheidet, einen anderen Betrag am Bankautomaten abzuheben als all die Jahre zuvor.

Tagebuch (2), *Dienstag*. *I don't like Tuesdays*, hätte Bob Geldof im Grunde singen müssen. Denn der Dienstag, kurz vor dem Mittagessen oder abends um halb sechs, markiert den eigentlichen Nullpunkt der Woche – nicht in Form des bösen Erwachens, wie es dem Montagmorgen nachgesagt wird, sondern langsam, schleichend, mit jener Zähheit, zu der kein anderer Werktag in der Lage ist. Dienstags verliert die Woche bedrohlich an Gewicht, da der Proviant des vergangenen Wochenendes endgültig aufgebraucht ist.

Vielleicht ist der Dienstag der einzige Tag ohne klare Identität, ohne besondere Kennzeichen, und leichter als auf alle anderen Tage könnte man auf ihn verzichten. (Würden manche Wochen nicht tatsächlich reibungsloser, unbeschwerter verlaufen, wenn auf den Montagabend sogleich der Mittwoch folgen würde?) Als bloßer Zwischenraum tritt er in Erscheinung, und man müsste einmal näher untersuchen, ob dem Dienstag in der jüngeren Geschichte nicht eine bestimmte unglückselige Rolle zugekommen ist, ob er nicht geradezu prädestiniert ist für die Realisierung überraschender Angriffe, für Kriegserklärungen, Putschversuche oder terroristische Attacken. Gäbe es eine Chronik historischer Schreckenstaten nach Wochentagen, würde sich vielleicht statistisch erhärten, dass die hektische Frische eines Montags, die von der Vorfreude aufs Wochenende geprägte Heiterkeit eines Freitags nicht die richtigen Bedingungen bieten für einen Schlag aus dem Nichts; dass diese Tage schon zu stark mit einer eigenen Grundierung bedeckt sind, um die volle Wucht der Attacke zu entfalten. Die Indifferenz des Dienstags dagegen liefert ideale Voraussetzungen. Nichts an ihm, was Widerstand leisten würde, wenn Terroristen über die Wahl des Angriffstages entscheiden. Der 11. September 2001 war ein Dienstag.

Herbstmorgen: Die Haufen nassen Laubes auf der Straße wirkten wie die Überreste einer Großveranstaltung.

Die Frau in der Straßenbahn, deren Textnachrichten fast ausschließlich aus Emojis bestanden, kam ihm einen Moment lang wie eine Comicfigur vor.

1936 ist Los Angeles noch »16 Flugstunden von New York« entfernt (Thomas Mann, Tagebuch, 25.3.36).

Hinter dem Wasserhahn die kleine Spinne, so zart, dass sie eher wie eine Zeichnung aussah, ein Muster – kein individuelles Lebewesen, sondern reine Form.

Der alte Mann im Discount-Supermarkt hielt der Kassiererin beim Bezahlen drei akkurat gefaltete Geldscheine hin. Sie schienen keine frei zirkulierenden Banknoten zu sein, sondern Teil eines wohlgehüteten Schatzes, der nur in äußerster Not angebrochen wurde.

Am Morgen, als er, nach nächtlicher Ankunft im Hotel, zum ersten Mal auf die Straße trat, schien es gerade die besondere Geschäftigkeit der fremden Großstadt zu sein, die sie ihm nahebrachte wie einen unbekannten Duft (Helsinki, Boulevard Simonkatu).

Nach dem Langstreckenflug: Die Passagiere, die von niemandem abgeholt werden, gehen an der Menge der Wartenden rasch und mit gesenktem Kopf vorbei; Geschäftsgebaren, in das sich ein wenig Scham mischt.

Die beiden kleinen Löcher am Ohrläppchen des Vorstandsvorsitzenden: eine längst vergangene Etappe der Lebensgeschichte, die von seiner Gesamterscheinung überlagert wird.

Letzte Spätherbst-Wespe, draußen im Café, sie ängstigt und rührt zugleich.

Die losen Handykabel hingen wie Hundeleinen in der Ecke mit den Steckdosen.

Die Provinzialität der Kleinstadt, die sich dadurch zu offenbaren schien, dass an der Supermarktkasse alle Kunden lange nach den passenden Münzen im Geldbeutel kramten.

Wie der Blick des Mannes sofort von der Frau abließ, als er sah, dass sie schwanger war.

Ein Hotelpage zog den Rollkoffer eines Gastes durch das Foyer, und in seinem Gesicht schien sich ein Anflug von Missmut abzuzeichnen. Lag es an dem geringen Gewicht des Koffers? An dem fehlenden Kraftaufwand, mit dem er ihn bewegte?

Nachmittags vor der Bierkneipe saßen ein paar Stammgäste um einen der Plastiktische herum. An der aufgekratzten, von heiserem Gelächter erfüllten Atmosphäre war erkennbar, dass sie schon mehrere Getränkerunden hinter sich hatten. Zwischen den rotgesichtigen Männern, mit ihren Bierkrügen und Schnapsgläsern, saß auch eine Frau, vielleicht in ihren späten Fünfzigern, mit hennarot gefärbter Dauerwelle, die am Haaransatz grau nachwuchs. Sie trank aus einem Weinglas, einem mit dickem grünem Stiel, wie es in den siebziger Jahren Mode gewesen war, als die offenen Weine noch »Schoppen« hießen. Sie schien genauso angetrunken zu sein wie der Rest, aber der Wein gab ihr in dieser Runde eine Vornehmheit, eine Spur von Savoir-vivre, die sich vom bartstoppeligen Rausch der Männer abhob.

Zum ersten Mal hörte er in den Nachrichten von einem riesenhaften Verkehrsprojekt, dessen Ende er wohl nicht mehr erleben würde.

Einer stieß seine ahnungslose Bekannte von hinten fast um, und als sie sich umdrehte, war keinerlei Ärger über die rohe Begrüßung in ihrem Gesicht zu erkennen, nicht einmal Verwunderung.

Im Auto neben ihm zwei alte Menschen. Erst mit Verzögerung, als die Ampel längst auf Grün geschaltet hatte, die Erkenntnis, dass zwischen dem Mann am Steuer, vielleicht in seinen frühen Siebzigern, und der hochbetagten Beifahrerin eine ganze Generation liegen musste. Sie war offenbar seine Mutter, doch der Generationenunterschied hatte sich verwischt und brachte ein Verhältnis hervor, das ihn beim ersten Anblick verstörte.

Die Eleganz, mit der die Anwältin im Gerichtssaal den Aktenstapel unter dem Arm hielt (wie ein Kellner, der ein volles Tablett auf der Hand balanciert).

Die Frau im Zug löschte eine Reihe von Fotos ihres kleinen Sohnes auf dem Smartphone, und bei jedem Druck auf die rote Befehlszeile schien sie sich weiter von dem Kind zu entfremden.

Abends am Tisch erzählte die junge Ärztin von einer Operation, die sie häufig durchführen müsse, und sie veranschaulichte ihre Arbeit mit einer knappen Geste, die das Überziehen eines Gummihandschuhs darstellen sollte. Es war überraschend, wie vollendet sie diese Geste ausführte, in Sekundenschnelle; sogar das elastische Material des Handschuhs wurde für einen Moment deutlich sichtbar.

Während der Rede der Bundeskanzlerin im Freien: Die Atmosphäre war so konzentriert, der Blick der Leibwächter in ihrer Nähe so durchdringend, dass selbst das herabschwebende Blatt eines Ahornbaumes einen Moment der Irritation auslöste.

Die Schuhe der Minister in der vordersten Sitzreihe: Sie waren alle aus glattem schwarzem Leder, blank poliert, frei von jeder Verzierung oder Gebrauchsspur. Genau so sah es aus, das Schuhwerk der Macht, wie es von Politikern, Vorstandsvorsitzenden, Wirtschaftsführern getragen wurde. Ob es in diesen Sphären Richtlinien gibt, die die Anforderungen an die Schuhe regeln; ob sogar besondere Lieferanten die Ämter und Chefetagen mit tadellosen Modellen versorgen? Denn eine Unreinheit auf der Oberfläche des Leders, ein abgetretener Absatz, sogar eine auffällige Naht könnte die Fugenlosigkeit der Inszenierung beschädigen.

Die Fußgängerampel stand auf Rot, und eine Reihe von Menschen wartete darauf, über die Straße gehen zu können. Irgendwann verlor einer der Passanten die Geduld und setzte sich in Bewegung. Alle anderen, von dieser Übertretung ermutigt, folgten ihm – bis auf einen älteren Mann. Man merkte ihm den inneren Kampf an, sich seine Grundüberzeugung auch in dieser Situation zu bewahren; kein Auto weit und breit, alle anderen Fußgänger ignorierten das Rotlicht. An seiner Körperhaltung ließ sich ablesen, dass er der Verheißung gleichzeitig nachzugeben und zu trotzen versuchte. Sekundenlang blieb er in dieser unentschlossenen Pose stehen, bevor die Ampel schließlich auf Grün sprang.

Die Eltern auf einer Bank an der Strandpromenade trugen einen erbitterten Streit aus, und das Kind neben ihnen blieb ganz still, blickte konzentriert auf die großformatige Speisekarte des Touristenlokals ein paar Meter weiter. Als das Wortgefecht dann abbrach, sah das Kind auf und sagte mit leiser Stimme: »Die Gerichte auf dem Plakat da kosten zusammen 117 Euro.« (Rechnen als Zuflucht)

In der größten Verzweiflung bekamen ihre Handbewegungen plötzlich etwas ungewöhnlich Akkurates.

Die geduckte Gestalt auf der Rückbank des Streifenwagens (Silhouette des »Festgenommenen«).

Am Ufer des Tonle-Sap-Flusses ging eine junge Frau ihrer Arbeit nach. Sie lief mit einem Tonkrug in der Hand von ihrer Stelzenhütte hinab zum Wasser, gekleidet in traditionelles Gewand, füllte ihn auf und war auf dem Weg zurück in ihr archaisches Haus. Die Szene wirkte wie eine bestellte Vorführung für die Touristen auf dem vorbeiziehenden Schnellboot, doch dann verlor die Frau plötzlich das Gleichgewicht, der Krug glitt ihr aus den Händen, und dieser Zwischenfall schien wie ein doppeltes Missgeschick – er brachte nicht nur ihren Körper ins Straucheln, sondern auch dieses gesamte Schauspiel des einheimischen Lebens (Kambodscha, zwischen Siem Reap und Battambang).

Wie alle Menschen, die er schätzte, hatte auch sie eine schöne Handschrift.

Beim Wiederlesen eines alten Romans, nach vielen Jahren, plötzlich eine Stelle (die Beschreibung eines Grand Hotels), bei der er sich deutlich an seine Vorstellungsbilder während der ersten Lektüre zu erinnern glaubte; inzwischen waren es ganz andere geworden.

»Auf dem Kloset darf man nicht an die Tora denken, daher darf man dort weltliche Bücher lesen. Ein sehr frommer Prager, ein gewisser Kornfeld, wußte viel Weltliches, er hat alles auf dem Kloset studiert.« (Kafka, Tagebuch, 25.12.1915)

Los Angeles: Die herabgefallenen Palmenblätter auf den Alleen sahen aus wie überfahrene Eichhörnchen.

Die über und über tätowierte Frau auf dem Fahrrad, mit Helm und neongelber Weste – Ikone einer Zeit, deren Toleranz im Ästhetischen sich mit der gleichen Konsequenz durchgesetzt hat wie ihr Bedürfnis nach Sicherheit.

Auf dem Schreibtisch der Sachbearbeiterin stand eine Kaffeetasse mit eingraviertem Vornamen. Er hatte Lust, sie sofort so anzusprechen.

Einer trug Turnschuhe mit vier Streifen. Das Ungewohnte, beinahe Falsche dieses Zeichens: wie ein E mit vier Querstrichen.

Der Obdachlose trug einen Schlüsselbund an der Hose.

Das vier- oder fünfjährige Kind, das in einer nach einem französischen Maler benannten Straße wohnt: Anders als den Trambahnfahrern in diesem Stadtteil, die beim Ankündigen der Haltestelle an den nasalen Vokalen, den verschluckten Konsonanten scheitern und den Namen aussprechen, als sei er ein deutscher, geht dem Kind das Wort fließend und fehlerfrei von den Lippen – ein Element von Zweisprachigkeit im Mikrokosmos der Wohnsiedlung. Für das Kind war das Wort von Anfang an unmittelbarer Bestandteil der Welt, und erst später, mit dem

Erlernen des Alphabets, wird es vielleicht einen Moment lang erstaunt sein über die unerwartete Buchstabenfolge. (Die Straßen an den Orten der Kindheit: Man wusste nichts von den Personen, nach denen sie benannt waren, und nur selten wurde in der Schule eine von ihnen erwähnt. Das Universum des eigenen Lebens war noch größer als das der Menschheitsgeschichte, deren würdigste Vertreter jenen Orten die Namen liehen. Irgendwann jedoch änderte sich die Richtung der Erinnerung. Seit langem schon denkt man beim Blick auf Straßennamen an Gelesenes. Das archivierte Wissen hält nun die Assoziationen für das private Leben bereit, nicht umgekehrt wie in der Kindheit.)

Die Geborgenheit an Weihnachten, weil der Christbaum echte Kerzen hatte und keine elektrischen wie der Baum der spröden Verwandten, bei denen sie vor Heiligabend zum Kaffeetrinken eingeladen waren.

Die Frau im Nagelstudio, mit Mundschutz und Feile, beugte sich über die Kundin wie ein Tischler über sein Holzstück.

Vormittags, in einer Seitenstraße des unbekannten Stadtteils, plötzlich das Gewirr unzähliger Kinderstimmen. In der Nähe musste eine Schule sein. Große Pause.

 Ein Paar stand auf dem Gehsteig und spielte »Schere, Stein, Papier«.

In die Hörigkeit des Hundes, der nach oben zu seinem Herrn blickte, schien sich ein Zug von Verachtung zu mischen.

Der Garderobenhaken an der Innentür öffentlicher Toiletten, in Gasthäusern oder an Autobahnraststätten: Wozu ist er gut? Wer hat ihn, zumindest in Männertoiletten, jemals genutzt? Sein Anblick ruft sofort zwielichtige Assoziationen hervor, die aus einer Jörg-Fauser-Erzählung stammen könnten – von einem drogensüchtigen Geschäftsmann mit Aktenkoffer etwa, der in der Toilettenkabine verschwindet und hastig seinen Trenchcoat an den Haken hängt, bevor er seine überfällige Dosis nimmt (in der Vorstellung muss es ein Trenchcoat sein, kein Jackett oder Mantel).

Sein Ehrgeiz, einen ganzen Tisch zu unterhalten: hervorgegangen aus der panischen Angst vor den Augenblicken des Schweigens.

Unter den zwei Saisonarbeitern im Überlandbus, die beide starken Dialekt sprachen (der eine Tirolerisch, der andere Sächsisch), herrschte sofort große Redelust, obwohl sie einander kaum verstanden.

Ein Papiertaschentuch im Schnee: Weiß auf Weiß, das die Stofflichkeit der Dinge für einen Moment aufzulösen schien.

Dass er sich nirgendwo mehr fürchtete, wenn er allein im Dunklen lag, kam ihm mittlerweile wie ein Zeichen der Verrohung vor.

Zu den Geheimnissen ihrer glücklichen Beziehung gehören die Umstände des Kennenlernens: eine Zufallsgeschichte, die das Paar (und vor allem die Frau) im Freundeskreis gerne erzählt. Sie, die beim Bezahlen an der Supermarktkasse damals feststellte, dass sie ihren Geldbeutel vergessen hatte. Das Förderband voller Einkäufe, wachsende Unruhe in der Warteschlange – und dann bot plötzlich dieser charmante Mann hinter ihr an, den Betrag zu übernehmen; sie könne sich ja bei ihm melden, hier sei seine Karte, er würde sich freuen, wenn sie ihn im Gegenzug einmal auf einen Kaffee einladen würde. Natürlich, erinnert sich die Frau lachend, hat sie den Unbekannten ein paar Tage später angerufen, und so kam dann (sie schaut liebevoll zu ihrem Mann hinüber) eines zum anderen.

Jahre später gesteht er ihr, dass die Begegnung an der Kasse gar kein Zufall war. Er habe sie an diesem Nachmittag schon viel früher bemerkt, beim gemeinsamen Aussteigen aus dem Bus, und sei ihr dann, weil er sich nicht getraut habe, sie auf der Straße anzusprechen, in den Supermarkt gefolgt und ihr in den Gängen minutenlang hinterhergelaufen. Seine Visitenkarte habe er schon die ganze Zeit über in der Hand gehalten, um den richtigen Moment abzuwarten, und an der Kasse noch kurz ein Alibi-Duplo aus dem Regal genommen, damit er wenigstens etwas zu bezahlen habe. Dann sei das für ihn so willkommene Missgeschick mit dem vergessenen Geldbeutel passiert, und er habe sich ein Herz gefasst.

Im ersten Moment lacht sie über diese Offenbarung. Doch dann nagt sie Stunde für Stunde stärker an ihr. Der Ursprung ihrer Liebe: nicht Schicksal, sondern Stalking, keine magische Begegnung aus dem Nichts, sondern aufwändige Inszenierung.

In der Schreibwarenabteilung des Kaufhauses das lange Regal mit den Glückwunschkarten. Es ist chronologisch geordnet: »Geburt«, »Taufe«, »Konfirmation«, »Hochzeit«, dann die großen Geburtstage, am Ende das Fach »Trauer«. Der Gang des Lebens, komprimiert auf fünf oder sechs Meter: eine Abfolge festlicher Rituale, eine Farbenskala von babyblau bis schwarzgerahmt.

Die Empfangsdame des Gourmetrestaurants plauderte mit einem Gast, der auf seinen Tisch wartete, und als das Gespräch zufällig ein Erlebnis ihrer Kindheit berührte, verlor ihre Stimme sofort den gewohnten Schliff.

Kindheitsgerüche: der schale Rest des Fruchtsaftes in der Plastik-Trinkflasche am Ende des Schultages.

Beim Gang durch den Hotelflur morgens der Blick in die offenen Zimmer, die gerade sauber gemacht werden (bis heute der Verdacht, sie seien womöglich schöner als das eigene).

Alles an ihr war glamourös, sogar die Geheimzahl ihrer EC-Karte.

Kurz bevor der Zug den Bahnhof erreichte, tauchten einzelne Pfosten und Schuppen am Rand der Gleise auf – Vorboten des Zentrums, wie die wenig besiedelten Außenbezirke einer Großstadt.

Er konnte nicht mehr anders, als sich bei jedem Menschen in seiner Umgebung vorzustellen, wie wohl der Totenschädel aussehen würde, dessen Umriss sich unter dem Gesicht abzeichnete.

Auf der Straße kam ihm eine Frau mit einem riesigen Stofftier im Arm entgegen, obwohl gar kein Rummelplatz in der Nähe war.

 Eines der identisch gekleideten Babys im Zwillingskinderwagen schlief, das andere lächelte die entgegenkommenden Passanten an – eine fast unzulängliche Asymmetrie.

Zwischen den Terminen zog sie rasch ihren Lippenstift nach, beinahe im Gehen; es war keine Geste des Schminkens, sondern eher ein Akt der Regeneration, als hätte sie einen Schluck aus der Wasserflasche getrunken oder eine Kopfschmerztablette genommen.

Als die Maschine am Gate angelangt war, kam von draußen nach einer Weile das bekannte Klopfzeichen eines Flughafen-Mitarbeiters. Die Stewardess bewegte die schwere Türe, und als sie sich schließlich öffnete, sahen sich die beiden einen Moment lang prüfend an wie die Kandidaten einer Blind-Dating-Show, wenn der Vorhang aufgeht.

»Ich habe viel durchgemacht.« – »Was, außer Nächten?«

Am Wahltag waren die Straßen des Viertels auf andere Weise bevölkert als an gewöhnlichen Sonntagen; er sah Leute auf dem Weg zu der Schule, in der sich das Wahllokal befand, die in der Nachbarschaft zuvor noch nie aufgetaucht waren.

»Ich gerate immer an die besonders Komplizierten«, sagte sie nach dem Ende ihrer letzten Liebesbeziehung. Aber erwies sich nicht jeder, den man nur gut genug kennenlernte, als besonders kompliziert?

Als er die Spielhalle verließ, hörte er in der kleinen, durch einen Vorhang abgetrennten Küche einen Wasserkocher brodeln – ein Geräusch, dessen Heimeligkeit ihn in diesem Moment rührte.

Der zweite WhatsApp-Haken schwang sich neben den ersten wie ein Co-Pilot in den Beifahrersitz.

Der Luxus, den sie sich zu leisten begann: Sie drückte die Zahnpasta- und Creme-Tuben nicht mehr bis zum Letzten aus, bevor sie eine neue Packung anbrach.

Er löschte die Nachttischlampe und sah plötzlich das Wort »Ende« vor sich, wie nach dem letzten Bild eines alten Films.

Am Morgen waren beinahe alle Parkplätze am Straßenrand unbesetzt, doch einem der Autos sah man an, wie schmal die Lücke gestern Nacht gewesen sein musste. Ein Hinterrad auf dem Randstein, die Vorderachse stark nach links gedreht, stand es dort, in gekrümmter Gestalt, und um dieses Bild zu verstehen, musste die Situation des vorangegangenen Abends miteinbezogen werden. Dennoch haftete dem Fahrzeug in dieser Position etwas Unglaubwürdiges an; man fragte sich einen Moment lang, warum es das Auto sich am Morgen nicht bequemer gemacht hatte.

Er entschloss sich, regelmäßig Hemden zu tragen, nur um am Flughafen auch einmal sein Ticket in die Brusttasche stecken zu können.

Die Birne im Obstkorb: im Verhältnis zum Apfel immer das Nachrangige, Abgewandelte, eine Variante des Eigentlichen.

Warum musste im Hallenbad immer er ausweichen, wenn ihm ein anderer Schwimmer entgegenkam?

Auf einem jahrzehntealten Foto, auf dem ein paar Jazzmusiker in einem Aufnahmestudio abgebildet waren, konnte man im Hintergrund eine Uhr erkennen. Sie zeigte fünf Minuten nach vier an. Die Gesichter, Kleidungsstücke und Möbel auf dem Bild wiesen in eine so ferne Zeit, dass es beinahe überraschte, auf dem Ziffernblatt an der Wand eine auch heute noch gültige Uhrzeit zu sehen. Fünf nach vier am Nachmittag: Man hat ein Gespür für diese Uhrzeit, verbindet sie mit bestimmten Szenen und Empfindungen. In der Fremdheit des Fotos markierte sie eine fast unzulässige Vertrautheit. Eine unbekannte Konstellation der Zeiger, eine dreizehnte Stunde, wäre angemessener gewesen.

Eine Buchhandlung im Winter: Immer wieder versuchen die Kunden vergeblich, ein Buch zuerst mit Handschuhen durchzublättern, um sie dann doch auszuziehen.

Die beiden Frauen im Auto neben ihm: Es war nicht zu unterscheiden, ob sie sich unterhielten oder ein Lied aus dem Radio mitsangen.

Die Bankfiliale, die am Tag zuvor überfallen worden war: Verwunderung darüber, dass keinerlei Beschädigung zu erkennen war. Man sah dem Gebäude nicht an, dass es gewissermaßen noch unter Schock stand.

»Er hat doch noch kürzlich so viele Pläne gemacht für die Zukunft«, sagte die Bekannte eines Mannes, der sich das Leben genommen hatte, so als wäre das Pläneschmieden ein Zeichen der Stabilität, der Zuversicht gewesen. Aber schlug sich die Orientierungslosigkeit, die ihn schließlich auch zu diesem Schritt bewog, nicht gerade in seinen überstürzten Plänen nieder?

 Die Fußballfans in ihrer Kostümierung, die ihm abends nach dem Spiel entgegenkamen – als ob sie nur dazu da gewesen wären, ihm Auskunft zu geben über den Ausgang des Spiels.

Er beschloss, sich nicht mehr umzudrehen, wenn auf der Straße jemand pfiff.

Er fragte die Bedienung, wie spät es sei, doch anstatt auf ihre Armbanduhr zu schauen, ging sie kurz um die Ecke und sah auf die große Wanduhr im anderen Teil des Lokals. Als wäre der Blick auf das eigene Ziffernblatt etwas übermäßig Privates gewesen.

Am Morgen, als er auf das Fahrrad stieg, war der Dynamo noch angeschaltet.

Auf einem ungeordneten Stapel im Bücherregal stieß er auf seine alten Panini-Fußballalben. Jetzt, im Abstand von über dreißig Jahren, waren es seltsamerweise gerade die damals so schmerzlich empfundenen Lücken, in denen er die Sammelalben als *seine* wiedererkannte und wertschätzte. Ein vollständig gefülltes Heft hätte nichts mehr Persönliches enthalten, wäre von einem Muster der Firma nicht zu unterscheiden gewesen. Die ganze Aufregung des wochenlangen Sammelns und Tauschens, der Kampf um die Vervollständigung wurde nun ausgerechnet von jenen weißen Stellen in Erinnerung gerufen, die damals nichts als Unzulänglichkeit bedeuteten.

Nachts in der U-Bahn-Station: Am Ende der abgeschalteten Rolltreppe hatte sich der Abfall des Tages gestaut.

Die Ansage der Stewardess dauerte so lange, dass sich die »verbleibende Flugzeit« in der englischen Übersetzung bereits um fünf Minuten verkürzt hatte.

Bei McDonald's verlangte ein Kunde einen Kassenbon.

In der Zeitung wird von einem berühmten Fußballtrainer berichtet, der einen Millionenbetrag in der Lotterie gewonnen hat. Eine merkwürdige, fast unzulässige Verdoppelung: dass ein Prominenter durch einen solchen Glückstreffer ein zweites Mal Popularität erlangt. Erfordert die Logik des Lottogewinns nicht, dass es stets einen vollkommen Unbekannten »mitten aus dem Volk« treffen muss, ein unbeschriebenes Blatt, dessen Existenz sich vor der Ausspielung so wenig von der tausender anderer Teilnehmer unterschied wie ein druckfrischer Lottoschein vom anderen? Im Fall des Fußballtrainers erfuhr die Wucht des Lottotriumphs so eine ungekannte Abschwächung. Diese Biografie war bereits besetzt. Dass auch die Zeitung mit dieser Kollision nicht zurechtkam, zeigte sich daran, dass sie die Meldung in derselben Ausgabe zweimal abdruckte: im Panorama- und im Sportteil.

Am Morgen war der Papierbecher, der vor dem Obdachlosen auf dem Gehsteig stand, tatsächlich noch mit Kaffee gefüllt.

Sie sagte »Phenomän«, mit einem langgezogenen Ä-Laut am Ende. Im Bewusstsein, ein schwieriges Wort aussprechen zu müssen, brachte sie die Betonungen durcheinander.

Ein Passant übernahm die Melodie, die der Entgegenkommende gepfiffen hatte.

Dass sich Stadtpläne so schwer auseinanderfalten lassen: merkwürdige Verdoppelung der Orientierungslosigkeit. Als müsse diese Anstrengung das Nicht-Zurechtkommen an dem fremden Ort noch einmal unterstreichen.

Eine Gruppe junger Frauen im Café: Sie reden deutsch miteinander, sprechen von einem gemeinsamen Freund, um dann, an bestimmten Stellen der

Unterhaltung oder nach dem neugierigen Blick eines Gastes, unvermittelt ins Türkische zu wechseln. Sie beherrschen beiden Sprachen in aller Perfektion und nutzen die Option eines Geheimjargons; wo andere ihre Stimmen senken müssten, um vor ungewollten Zuhörern in Sicherheit zu sein, genügt ihnen einfach der abrupte Wechsel in die Muttersprache.

Es war der erste warme Tag des Jahres, und man wusste, dass der Lokalteil der Zeitungen am nächsten Tag das Foto eines vollbesetzten Straßencafés auf der ersten Seite bringen würde.

Die beiden Taubstummen im Lesesaal unterhielten sich aufgeregt miteinander, mit weit ausholenden Gesten, und die anderen Besucher schienen unsicher zu sein, ob damit das strikte Ruhegebot in der Bibliothek gebrochen wurde. Ohne Zweifel war es Geschnatter, aber ein unhörbares, ein Schwätzen ohne Ton.

Er drehte sich mit dem Buch zur Seite und wunderte sich kurz, dass das Schriftbild nicht umkippte wie auf dem Display eines iPhones.

Einer, der in der gemeinsamen Wohnung unbemerkt an einem aufwändigen Geburtstagsgeschenk für seine Freundin arbeitet. Über Wochen hinweg stellt er aus den hunderten gemeinsam aufgenommenen Fotos, auf Urlaubsreisen oder bei Familienfesten, ein Album zusammen. Als er ihr das Geschenk bei einem feierlichen Abendessen überreicht und ihre aufrichtige Freude spürt, ihre Beteuerungen, von dem Ganzen nicht das Geringste geahnt zu haben, beschleicht ihn ein befremdliches Gefühl: Es bestand also die Möglichkeit zwischen ihnen, auf engstem Raum ein Geheimnis zu bewahren. In seine Zufriedenheit über die gelungene Überraschung mischt sich Argwohn, Misstrauen: Wenn ein solches Vorhaben Erfolg hatte – konnte dann nicht auch ein schmählicher Betrug, über Monate hinweg, ebenso reibungslos verlaufen? Als sie ihn zum Dank lange umarmt, lässt ihn die Vorstellung nicht mehr los, dass dieses Geschenk der unschuldige Testlauf künftiger Tragödien gewesen sein könnte.

Während des Dokumentarfilms sah er irgendwann nur noch auf die Armbanduhren der Protagonisten: Inmitten der dargestellten Ereignisse schienen sie ihm die wahrhaftigste Auskunft zu geben.

Die alte Frau in der Schlange vor der Supermarktkasse wirkte so fremd, dass er sich wunderte, dass sie beim Bezahlen gültige Münzen aus ihrem Geldbeutel nahm.

Tagebuch (3), *Mittwoch*. Anders als es sein Name nahelegt, haftet diesem Wochentag nichts Statisches an. Im Vergleich zum Dienstag, an dem die Zeit stehen zu bleiben droht, wirkt er dynamischer, beweglicher. Etwas geschieht in den Stunden des Mittwochs, verändert sich, so als würden die Tage im Laufe der Woche reifen. Der Dienstag ist noch fest und geschmacksarm, durchsetzt von grünen Stellen, doch dann, in der zweiten Hälfte des Mittwochs, finden sich erste Anzeichen einer Röte; von nun an erscheinen die Tage immer fülliger, einladender (bis sie, in der stehenden Luft der Sonntage, überreif zu werden drohen). Eine Fernsehzeitschrift, die auf dem Couchtisch der Großeltern lag, wusste um diese Morphologie: Sie ordnete den sieben Tagen an ihren Seitenrändern unterschiedliche Farben zu. Nach dem Gelb des Montags und dem blässlichen Grün des Dienstags – tatsächlich ein Grün – wurde der Mittwoch, als erstes Anzeichen einer Kräftigung der Woche, von einem rötlichen Blau umrahmt.

Gab es ein besonderes Ereignis, das den empfundenen Zeitsprung beglaubigte? In der Kindheit wurde dieser Wechsel auch von einer abendlichen Fernsehsendung markiert: der Berichterstattung vom Fußball-Europacup, den ersten bedeutsamen Spielen seit dem Samstag. In der Vorfreude auf die Übertragungen – ein persönliches, willkürliches Detail, aber für den Stellenwert des Mittwochs exemplarisch – lag etwas Größeres: die Aussicht darauf, dass die Woche in ihre zweite, bessere Hälfte eintreten würde; dass das Gröbste von nun an geschafft sei. Lief nicht jeder Mittwoch auf eine solche Schwelle zu – eine bestimmte Schulstunde, eine späte Vorlesung, eine Veranstaltung am Abend –, die die Woche teilte? Hatte man sie passiert, schien der Rest der Strecke leicht bergab zu führen.

Im Innenhof eines Wohnblocks: Die Stimmen, die aus den offenen Fenstern nach draußen drangen, stammten alle aus Fernsehgeräten.

Auf der Berghütte warf jemand einige Blätter seines Kalenders ins Kaminfeuer, weil kein Papierkorb in der Stube stand. Es war nichts als ein beiläufiger Handgriff – und dennoch erschien diese Geste für einen Moment als bedeutsamer Akt, ja als biografische Zäsur. Das Verbrennen von Papierabfällen im Kamin, jahrhundertelang eine alltägliche Praxis, hat einzig als Lektüreerinnerung an vernichtete Briefe und Manuskripte überlebt. Im Entsorgen der unbedeutenden Blätter leuchtete plötzlich das Autodafé eines Lebenswerks auf.

Das Vertrauen in die Tauben auf der Straße, dass sie dem Wagen im richtigen Moment aus dem Weg gehen und wegfliegen würden: Er wusste, dass er nicht abzubremsen brauchte, auch wenn die Tauben noch im scheinbar allerletzten Augenblick keine Anstalten machten zu fliehen.

Als das kleine Kind im Freibad die weit entfernten Schaukeln kurz vor seinem Vater erkennt, sagt es: »Ich habe leuchtendere Augen als du.«

Aus der Gaststätte traten die Mitglieder einer Festgesellschaft in den Vorgarten, und lange blieb unklar, ob es sich um eine Hochzeits- oder eine Trauerfeier handelte. Die Männer hielten ihre Sakkos im Arm – es war ein heißer Spätsommernachmittag – und standen mit weißem Hemd und dunkler Krawatte vor der Türe; die meisten Frauen trugen schwarze, einige aber auch hellere Kostüme. Er hielt unwillkürlich nach dem Mittelpunkt der Gesellschaft Ausschau, und als der restliche Pulk aus dem Gasthaus kam, war es der Abstand der Personen zueinander, der dieses Rätsel löste. Wäre es ein Hochzeitsfest gewesen, hätte sich zwischen dem strahlenden, sich Bahn brechenden Paar und den Übrigen eine Lücke gebildet, eine Schneise. Hier aber waren die Hauptpersonen der Gesellschaft – eine Frau mittleren Alters und zwei junge Erwachsene, vermutlich ihre Kinder – kaum zu erkennen hinter den Menschen, die sie umgaben und sich fast schützend über sie beugten. Das Zentrum der Trauerfeier blieb im Verborgenen, und es hätte der nun immer zahlreicher werdenden schwarzen Schleier in der Menge gar nicht bedurft, um den Anlass der Zusammenkunft unmissverständlich zu deuten.

Im Kinosaal ertönte von Zeit zu Zeit das Pling einer eingehenden WhatsApp-Nachricht, und in der dunklen Stille wirkte es jedes Mal, als würde ein Stern am Firmament aufleuchten.

Nach der Rückkehr aus dem Urlaub kam es ihm immer so vor, als hätte die Anzahl der Baustellen in der Stadt zugenommen.

Ein Auto, das zu nah hinter einem anderen herfuhr, so dicht wie sonst nur, wenn eines das andere mit einem Seil abschleppte.

Der menschenleere Spielsalon kurz vor Betriebsschluss: Die Geldanzeige fast aller Automaten stand auf »0.10«. Zehn Cent, zu wenig für ein Spiel, ein unnützer Rest. Die letzten Besucher waren gegangen, ohne sich um diesen Betrag zu kümmern. Vermutlich hatten sie sich bereits von dem Gerät abgewandt, als das letzte Spiel noch lief, der Misserfolg jedoch schon nach den ersten stehen gebliebenen Walzen besiegelt war.

Der Nachrichtensprecher beginnt unmittelbar nach der Verabschiedung der Fernsehzuschauer eine Unterhaltung mit seiner Co-Moderatorin, noch vor laufender Kamera, als müsse er seine Lebendigkeit unter Beweis stellen.

Was bleibt, ist der Stempel auf dem Handrücken.

Beim Aussteigen aus dem Car-Sharing-BMW der Blick auf die verschiedenen Fußspuren, die sich innen an der Fahrertür abzeichnen, eine Überlagerung von Mustern, die daran erinnert, wie viele Menschen das Auto Tag für Tag benutzen. Wie unvorstellbar wäre diese Promiskuität noch vor wenigen Jahren gewesen? Das eigene Auto erschien als hochindividueller Raum, mit selbstgestalteten Mixtapes im Recorder, häufig mit den eigenen Initialen im Kennzeichen. An frühen Straßenkreuzern war sogar ein Monogramm des Besitzers angebracht (etwa am neuen Chevrolet Thomas Manns im April 1937, wie er in seinem Tagebuch stolz notiert).

Als ihm die neue Arbeitskollegin ihre Handynummer gab, sprach sie die Zahlenkombination nach der Vorwahl in einem merkwürdigen Rhythmus aus, nicht im vertrauten 3-2-2-, sondern im 2-2-3-Schritt. »Vier-eins, sechs-sechs, null-fünf-eins«, sagte sie. In dieser ungewohnten Sprechweise bestätigte sich die Fremdheit, die sich ohnehin vom ersten Augenblick an zwischen ihnen eingestellt hatte. Ihre ganze Art wirkte spröde und unnahbar auf ihn.

In einer Fernsehserie aus den achtziger Jahren ist ein reicher Geschäftsmann zu sehen, wie er aus der Badewanne steigt, sich einen Drink macht und, nur mit einem Bademantel bekleidet, seine Geliebte anruft. Die Szene ist mit sämtlichen Insignien des Luxus ausgestattet – goldene Armaturen im Badezimmer, wertvolle Bilder an den Wänden –, doch aus heutiger Perspektive wirkt das Verhalten des Geschäftsmannes hilflos und ungelenk: Warum benutzt er kein Mobiltelefon und bleibt in der Wanne liegen?

Die Flüchtigkeit, mit der der Lehrer im vollbesetzten U-Bahn-Waggon die Klassenarbeit korrigierte (durch die Stöße der unruhigen Fahrt drohte die rote Schrift immer wieder zu verwackeln). Wie bedeutsam war für die Schüler der Augenblick, wenn ihnen die Arbeit benotet zurückgegeben wurde, und immer hatte man sich die Vorstellung bewahrt, dass sich diese Bedeutsamkeit, wie abgeschwächt auch immer, im Akt des Korrigierens widerspiegeln müsste. Der Lehrer frühnachmittags in der U-Bahn bot jedoch ein anderes Bild: Eingepfercht in der Sitzgruppe, die abgewetzte Ledertasche als Schreibunterlage auf dem Schoß, ging er offenbar gleich nach Unterrichtsende die Arbeiten durch und überzog die Blätter rasch und mechanisch mit einer Schicht aus roten Buchstaben. Nicht einmal vor dem Hinschreiben der Note gab es ein Zögern.

Warum fallen einem beim Blick aus dem landenden Flugzeug immer zuerst die Swimmingpools auf?

Nachts: Er wechselte die Straßenseite, um die Frau, die ein paar Meter vor ihm ging, nicht zu beunruhigen.

In einem Winkel der Schreibtischschublade fand er einen alten Zeitungsausschnitt. Jetzt, nach all den Jahren, stellte er fest, dass der nur noch bruchstückhaft erhaltene Artikel auf der Rückseite der interessantere gewesen wäre.

Der ältere Professor im Lesesaal der Universitätsbibliothek, eine Berühmtheit seines Fachs, der am Informationsschalter ein paar Fragen stellt, ohne die Stimme auch nur um eine Nuance zu senken. Ihm ist jedes Gefühl für ein Sprechen ohne Dozieren abhandengekommen. Weder lässt sich sein Auftreten mit Gebrechlichkeit noch mit bewusster Rücksichtslosigkeit erklären; er hat vielmehr nach Jahrzehnten des Repräsentierens und Delegierens an der Universität, des Zugriffs auf eine Unzahl von Gremien, Assistenten und Hilfskräften, vollständig verlernt, sich im akademischen Raum zurückzunehmen. Einige Leser drehen sich verärgert nach dem Mann mit der kräftigen Stimme um, geben ihm, der wortreich sein Problem beim Ausfüllen eines Formulars kundtut, mit behutsamen Handbewegungen zu erkennen, dass er bitte leiser sprechen möge. Doch man merkt an seinem Blick, einer Art strotzenden Selbstvergessenheit, dass ihn diese Bitten nicht erreichen. Wo er ist, hat man ihm das Wort immer schon erteilt.

Die übereinander gestapelten Fernseher in dem kleinen Elektrogeschäft liefen auch während der Mittagspause.

Im Hinterhof fiel sein Blick auf die reservierten Parkplätze an den Häuserwänden. Die Kennzeichen der geparkten Autos stimmten tatsächlich mit denen auf den Reservierungsschildern überein.

Und dann, eines Abends, waren es plötzlich die zwei Kontaktlinsen-Behälter auf der Ablage über dem Waschbecken, die ihm die ganze Trostlosigkeit ihrer Beziehung verdeutlichten. Sie hatten beide seit Jahren die Angewohnheit (er wusste gar nicht mehr, wer sie von wem übernommen hatte), die leeren Behälter morgens, nach dem Einsetzen der Linsen, mit der offenen Seite nach unten auf das Porzellan zu legen, die kleinen runden Deckel darüber. Jetzt fiel sein Blick auf die beiden Schalen, die eine rot-weiß, die andere blau-weiß, und von einem Moment auf den anderen erschienen sie ihm als Embleme ihrer lähmenden Gemeinschaft.

Der Geruch des alten, hart gewordenen Kantens Schwarzbrot: er roch nicht mehr nach einer speziellen Sorte oder einem besonderen Korn, sondern nach »Brot« schlechthin.

Fast alle Passanten lächelten dem Kaminkehrer zu, der am frühen Morgen in seiner schwarzen Berufskleidung die Straße entlangging. Eine Frau rief: »Heute wird sicher mein Glückstag!« Ob es jemals einen Kaminkehrer gab, der seinen Beruf aufgab, weil er es nicht mehr ertrug, unablässig als Symbol wahrgenommen zu werden?

In der Fußgängerzone begegneten sich zufällig zwei Paare. Nur die beiden Frauen schienen einander zu kennen, und während sie sich unterhielten, standen die Begleiter etwas teilnahmslos daneben und ließen, jeder für sich, ihre Blicke über das Geschehen ringsum wandern. Nach kurzer Zeit verabschiedeten sie sich, jedes Paar ging wieder seines Weges, und man konnte erkennen, wie beide Frauen sich zu ihren Freunden hinüberbeugten und erklärten, woher sie die andere kannten.

Wie der Schriftsteller seinen eigenen Roman hielt, den er einer Freundin ins Café mitbrachte – mit bemühter Lässigkeit umfasste er das Taschenbuch, lose, nur mit drei Fingern. Um jedem Vorwurf der Eitelkeit zu entgehen, präsentierte er das, womit er über Jahre hinweg so innig verbunden gewesen war, als sei es nur ein Mitbringsel, das er zufällig auf dem Weg zu ihr entdeckt hatte.

Santa Monica: Das Pärchen stand Arm in Arm vor der Waschanlage und sah seinem Auto zu wie einem Zootier bei der Fütterung.

Ein Wackelkandidat des Lebens.

Das Geräusch, mit dem die Räder des Flugzeugs kurz vor der Landung ausgefahren werden: der Laut einer Ankündigung schlechthin.

Der Bauarbeiter, der vor einem Schreibwarengeschäft stehend den Schutzfilm eines Lotterieloses abkratzte: wie die massigen schwarzen Finger plötzlich diese behutsame, fast filigrane Bewegung vollzogen.

Am Nebentisch in der Pizzeria nahm ein altes Ehepaar mit seiner blinden Tochter Platz, einer Frau um die fünfzig; der Blindenhund kroch unter den Tisch. Als der Kellner die Speisekarten brachte, zogen die Eltern jeweils eine kleine Lupe hervor und studierten eng über die Karte gebeugt das Angebot; die Tochter saß ihnen mit leerem Blick gegenüber und stellte von Zeit zu Zeit eine Frage. Ein Gast, der die drei nicht beim Hereinkommen gesehen hätte, wäre davon überzeugt gewesen, dass die Jüngere – längst entschieden – bereits ein wenig gelangweilt darauf wartete, bis die Eltern mühsam ihre Wahl treffen würden. In Wahrheit lagen die Verhältnisse genau umgekehrt.

Der feine Regen war nur unter den Straßenlampen sichtbar.

Die Routine des alten Schriftstellers, der beim Vorlesen nicht ins Stocken gerät, wenn er eine Seite umblättert.

In der Zeitung ist von einem Mann mit »grau meliertem Haar« die Rede. »Meliert«: eines jener Wörter, von denen er noch genau wusste, bei welcher Gelegenheit er sie zum ersten Mal gehört hatte. Immer wenn es ihm begegnete, hatte er die bedächtige, ernste Stimme Eduard Zimmermanns im Ohr, der in *Aktenzeichen* XY den Steckbrief eines gesuchten Verbrechers verlas. Er erinnerte sich noch, wie er damals seine Eltern fragte, was das Wort bedeute (und lange Zeit war er sich dann sicher, dass man es mit i schrieb, denn jeder sagte »miliert«). Es gab nur ganz wenige andere Wörter, deren erstes Auftauchen er genau im Gedächtnis behalten hatte: »Boykott« etwa, anlässlich der Berichterstattung über die Olympischen Spiele 1980 in Moskau; das Wort »authentisch«, das von Zeit zu Zeit im Fernsehprogramm, in den Inhaltsangaben von Krimis, auftauchte; oder »Oheim«, als er den *Grünen Heinrich* von Gottfried Keller las. Dass es sich bei all diesen Fällen um Fremdwörter oder veraltete Bezeichnungen handelte, war kein Zufall. Denn ein Bewusstsein für das Erlernen der alltäglichen Sprache kann es wahrscheinlich nicht geben: Jenes wird von dieser erst hervorgebracht.

Wäscheleinen an den Rückseiten der Vorstadthäuser: immer noch häufig das erste Bild einer Stadt, der man sich im Zug nähert.

Einer in der Runde sagte, er liebe sein Kind »abgöttisch«. In diesem Wort glaubte man bereits eine Katastrophe anklingen zu hören. War diese Wendung nicht gebräuchlich, wenn die Polizeibeamten in Kriminalfilmen die Angehörigen vom Tod eines

Familienmitglieds verständigen mussten? Er hatte plötzlich das Bild eines Vaters vor sich, zusammengebrochen angesichts der schrecklichen Nachricht.

Am frühen Abend traf er eine Nachbarin im Treppenhaus. Beide waren sie auf dem Weg zum Einkaufen, und während sie die Stufen hinunterstiegen, wechselten sie die üblichen Sätze über das Wetter und den unzuverlässigen Paketzusteller. Nachdem sie das Haus verlassen hatten, gingen sie ein paar Schritte nebeneinander her, weil sie in dieselbe Richtung mussten. Sie hatten einander aber, über den kurzen Treppenhaus-Dialog hinaus, nichts mehr zu sagen; also erhöhte er nach ein paar Metern das Schritttempo.

»Immer, wenn wir uns im Auto an einer Ampel geküsst haben, hast du mit einem Auge schon danach geschielt, ob es Grün wird.« (Vorwürfe nach der Trennung)

Das Mädchen auf der Straße las im Gehen einen Brief. Sie bewegte die Lippen während des Lesens; sie buchstabierte jedes Wort lautlos mit.

Es wurde eine Fahrzeugeskorte mit Staatsgästen erwartet, und trotz funktionierender Ampeln regelten zwei Polizisten den Verkehr an der großen Kreuzung. Die Autos in der einen Straße mussten auf die von Motorrädern begleiteten Limousinen warten, obwohl ihre Ampel Grün anzeigte. Als der Konvoi schließlich die Kreuzung passiert hatte, gingen die beiden Polizisten sofort davon; sie übergaben die Regulierung des Verkehrs wieder den technischen Vorrichtungen, ohne auch nur einen kontrollierenden Blick zurückzuwerfen. Dass nach diesem kurzen Eingriff sofort wieder alles seinen gewöhnlichen Lauf nahm, hatte etwas Überraschendes.

Auf fast allen Kirchturm- oder Bahnhofsuhren, die außer Betrieb sind, stehen die Zeiger auf genau zwölf Uhr. Die Glieder des ruhenden Körpers sind in Ordnung gebracht, so wie die ineinandergefalteten Hände eines Verstorbenen.

Die Szenen der Fernsehserie wirkten so hölzern, die Dialoge auf so schematische Weise einstudiert, dass man sich bei aller zur Schau getragenen Simulation wunderte, dass eine der Figuren am Frühstückstisch tatsächlich in ein Croissant biss. Der Akt des Essens erschien in diesem Moment wie ein unglaubwürdiges Maß an Realität.

In dem ehemaligen Sexshop in der Ausfallstraße war nun ein Blumenladen. Er ging hinein, nur um einmal nachzuschauen, wie es in den Räumen aussah.

Als der Zug kurz vor der Ankunft das Schienennetz der S-Bahn erreichte, hatte dieses Durchrasen der bekannten Strecke mit all den kleinen Vororts-Bahnhöfen etwas Befremdliches. So schnell zogen die Haltestellen vorbei, dass es ihm kaum gelang, die Ortsnamen auf den Schildern zu entziffern. Manchmal standen Leute mit Aktenkoffern oder Einkaufskörben an den kleinen Bahnhöfen, die mit der S-Bahn in die Stadt fahren wollten, und er wunderte sich, dass sie vom Wind des durchrasenden Zuges nicht umgeworfen wurden wie Spielfiguren.

Vor dem Friseursalon stand ein leerer Rollstuhl.

Ein Asylbewerber, der nur gebrochen Deutsch spricht, die kompliziertesten bürokratischen Fachausdrücke jedoch fließend beherrscht.

In dem handgeschriebenen Brief einer amerikanischen Freundin kam das Wort »München« vor. Man merkte den beiden Punkten auf dem »u«, ein wenig zu hoch gesetzt, deutlich an, dass sie für die Verfasserin keine Bedeutung ergaben. Im Augenblick des Schreibens entfaltete der Buchstabe, als Produkt des reinen Nachzeichnens, keine Beweglichkeit. Das Ü aus der Hand der Amerikanerin wirkte wie gelähmt. Es reagierte nicht auf die Berührung durch das Augenpaar des Lesers.

Als er abends in den öffentlichen Bus stieg, um nach Hause zu fahren, bemerkte er auf einem bestimmten Sitz dieselbe Filzstift-Zeichnung wie in dem Fahrzeug, in dem er ein paar Stunden zuvor gesessen hatte. Es war derselbe Bus, kein Zweifel, und ihm kam in diesem Moment zum ersten Mal in den Sinn, dass die öffentlichen Verkehrsmittel tatsächlich zirkulierten; dass es am Ende der festgelegten Route eine Schaltstelle gab, die sie wieder auf die Reise schickte. Jetzt, beim Betrachten der Zeichnung, wurde ihm klar, dass er öffentliche Verkehrsmittel bisher immer benutzt hatte wie Einwegprodukte.

Die Pause, die eintritt, bevor das hingefallene Kind zu weinen anfängt: als müsse es sich erst dazu entschließen.

Das Heer der Selfie-Schützen vor dem Wahrzeichen löste in ihm einen spontanen Anfall von Melancholie aus, eine Art Insta-Gram.

Ein Hemd, das in die Hose gesteckt wird, als Zeichen der wiederhergestellten Ordnung: In einem alten Western redet der Hilfspolizist dem versoffenen Sheriff, dessen Stadt aus den Fugen zu geraten droht, ins Gewissen. Während er seinem Vorgesetzten, der gerade seinen Rausch ausschlafen wollte, das ausgeleierte Hemd in die Hose steckt, fordert er ihn auf, den Kampf gegen die Plünderer aufzunehmen. Von einem Moment auf den anderen weiß der Sheriff, worum es geht! (*Der große Bluff*)

Der riesige Abdruck der Zähne am Butterbrot, wenn der Vater hineingebissen hatte.

Die Verdächtigen bei der polizeilichen Gegenüberstellung marschierten auf wie die Models in der Castingshow.

Abends um acht wartete er vor einem Geschäftsgebäude auf einen Freund. An der Fassade des Hauses war ein kleiner Bildschirm installiert, der abwechselnd Uhrzeit und Temperatur anzeigte. Jetzt, da es von Minute zu Minute kühler wurde, sank der Wert bei fast jeder Einblendung.

Als der Gewitterregen einsetzte, flüchteten die beiden Kinder in einen Hauseingang, als würde sie jemand verfolgen.

Die Dinge lagen so nachlässig auf dem Tisch wie die abgelegten Blätter der Pokerspieler nach dem Kartentausch.

Silvestermorgen: Ein Junge auf der Straße fragte ihn, ob er ihm einen Böller anzünden könne.

Als die neue Mitarbeiterin in der Espresso-Bar ihm die Tasse reichte, sah er an der Innenseite ihres Handgelenks eine lange Narbe entlang der Pulsader. Aus den Augenwinkeln heraus fahndete er nach der entsprechenden Stelle an der anderen Hand und entdeckte das gleiche Zeichen auch dort. Einzigartige Konsequenz dieser Art von Selbstmordversuch: dass unauslöschliche Spuren ein Leben lang an die Tat erinnern, so flüchtig und vielleicht sogar spielerisch sie in diesem Moment auch gewesen sein mag.

Der Abfalleimer neben den Zeitungskästen war gefüllt mit Werbebeilagen.

Nirgendwo sind die Menschen so regenempfindlich wie auf den Tribünen eines Tennisplatzes: ein paar Tropfen genügen, und schon kann der Fernsehreporter an den aufgespannten Schirmen erkennen, dass das Spiel wohl bald unterbrochen wird. Als ginge es den Zuschauern nicht darum, sich vor der drohenden Nässe zu schützen, sondern dem Reporter ein Zeichen zu geben.

In der Innenstadt war ein ganzer Häuserblock abgerissen worden, und beim Blick auf die Baulücke, die eine völlig neue Sicht auf die Straßen dahinter ermöglichte, plötzlich einen Moment lang der Gedanke: Ein anderes Leben ist möglich.

Die Leichtigkeit, mit der die Mutter das Kleinkind im Rollstuhl umherfuhr. Mit einer Hand drehte sie den Wagen, um ihn in die U-Bahn zu schieben.

Der Autofahrer nahm den Strafzettel vollkommen ungerührt, ohne jedes Zögern von der Windschutzscheibe.

Faschingsdienstag im Kaufhaus: Nur die Verkäuferin in der Kostümabteilung war verkleidet.

Er hatte Lust, der fotografierenden Touristin durchs Bild zu gehen.

Sunset Boulevard, Los Angeles: Früh am Morgen waren nur Obdachlose, Müllmänner und Straßenreiniger zu sehen. Dann kam ein Mann näher, der einen rätselhaften, staubsaugerartigen Apparat bei sich trug. Er hantierte mit dem unförmigen Schlauch herum, und plötzlich wurde klar, dass das Gerät dazu diente, die Parkuhren am Straßenrand zu entleeren. Doch selbst dieser Umstand – dass es sich um das behördliche Einsammeln von Geld handelte – nahm der Szene nicht das Zwielichtige; sie blieb Teil jenes Ensembles aus durchwühlten Papierkörben, abgestellten Plastiksäcken und losen Zeitungsseiten im Wind. Als wäre das Kleingeld im tristen Morgengrauen eine Form von Abfall.

 Er wartete, bis sich die Espressomaschine erbrach.

Als die unbekannte Frau an der Uferpromenade begann, ihre im Sand spielende Tochter zu filmen, bemerkte er, dass auch er im Hintergrund dieser Aufnahmen zu sehen sein würde. Er stellte sich den Moment vor, wenn die Familie ihre Urlaubserinnerungen anschauen und den fremden Passanten am Rand der Szene entdecken würde. Wie viele solcher Dokumente es wohl gab am Ende eines Lebens, in denen das eigene Gesicht als zufällig ins Bild geratene Kulisse von Fotos oder Filmen auftaucht?

Die Studentin versuchte nach ihrem Aussetzer in der mündlichen Prüfung Haltung zu bewahren wie eine rhythmische Sportgymnastin, deren Keule während der Kür kurz auf den Boden gefallen ist.

Es war ein Nachmittag, an dem man einen Simenon-Roman lesen sollte.

Die Tonbandstimme der Telefonsex-Hotline forderte ihn auf, an einer bestimmten Stelle klar und deutlich mit »Ja« zu antworten, wenn er weiter verbunden werden wolle. Er folgte der Anweisung, und mit vollem Volumen tönte das Wort durch die Stille. Er musste plötzlich an eine Hochzeitszeremonie denken, an das »Ja« der Brautleute, das im weiten Raum der Kirche nachhallt. Doch statt der Stimme des Pfarrers und des Orgelspiels setzte nur eine weitere Tonbandschleife ein.

In Unterhaltungen geschieht es immer wieder, dass einer der beiden Gesprächspartner einen auffälligen Ausdruck verwendet, vielleicht ein Fremdwort oder ein seltenes Adjektiv, und einige Sätze später kehrt es aus dem Mund des anderen wieder.

Auf einem alten Foto war eine der Personen nicht besonders gut zu erkennen, und er musste sich dabei beobachten, wie er mit Daumen und Zeigefinger das Bild aufziehen und größer machen wollte.

Der Mann löste das Kreuzworträtsel mit einem Radiergummi in der Hand.

In der U-Bahn las einer die letzte Seite eines dicken Romans. Ohne innezuhalten, klappte er das Buch danach sofort zu, als wäre die Lektüre nur kurz unterbrochen.

Tagebuch (4), *Donnerstag*. Wie tief hat sich das jedem Wochentag zugeordnete Gefühl eingeprägt? Und mit welcher Konsequenz müsste der vertraute Rhythmus der Zeit durcheinandergebracht oder aufgehoben werden, um dieses Gefühl allmählich zu tilgen? Man kann sich jemanden denken, der seit vielen Jahren am Wochenende zur Arbeit geht und montags und dienstags frei hat: Kehrt sich die Vorstellung von einem Samstag, einem Mittwoch bei diesem Menschen vollständig um? Zudem gibt es Orte – ein Kerker, ein Frachtschiff, eine Weltraumstation –, an denen über Monate hinweg jede äußerliche Identifizierbarkeit der Tage wegbricht, und es stellt sich die Frage, ob ein Gespür für deren Differenz unter diesen Umständen erhalten bleiben kann. Der Kosmonaut Sergei Krikalev erzählte in einem Interview einmal von der Zeiteinteilung der MIR-Besatzung, von den Acht-Stunden-Schichten montags bis freitags und dem Ruhepol des Sonntags, den Krikalev dazu nutzte, »die Instrumente wieder an ihren angemessenen Platz zurückzubringen«. Selbst in einer Sphäre also, in der das kalendarische Prinzip obsolet geworden ist (alle 92 Minuten ein Sonnenaufgang), hält man an den gewohnten Ritualen der Wochentage fest.

Vielleicht erweist sich gerade am Donnerstag, wie weit der Bedeutungsgehalt der einzelnen Wochentage zurückreicht. Mit großer Selbstverständlichkeit gilt er als assoziierter Bestandteil des Wochenendes; den drei losen Tagen zu Beginn der Woche folgt, nach dem Umschlagpunkt des Mittwochabends, ein Viererbündel. Der Donnerstag ist der Vorgeschmack einer Feier, die bis zum Sonntag andauern wird, der erste – und von vielen am meisten geschätzte – Teil des allgemeinen Nachtlebens. Dass mit ihm etwas beginnt, wurde lange Zeit schon in den frühesten Morgenstunden sichtbar, wenn man die Kinobetreiber dabei beobachten konnte, wie sie die Filmtitel auf den Markisen auswechselten. Die Zeichen werden erneuert, auch in den Kiosken und Schreibwarenläden, deren Regale mit den neuen Ausgaben der Wochenblätter und Klatschmagazine gefüllt sind.

Der Donnerstag hat also die Gestalt eines Vorboten. Doch auf welche Tradition geht diese Stellung zurück? Wirkt in der gegenwärtigen Einteilung nicht weiterhin das Ordnungsprinzip jener Woche nach, die man in der christlichen Terminologie die »große« nennt? Die sieben Tage zwischen Palm- und Ostersonntag sind immer noch eine Art Urbild unseres Wochentag-Gefühls. Theologische Enzyklopädien machen unter den Stichwörtern »große Woche« oder »Karwoche« darauf aufmerksam, dass die aufwändigen Feierlichkeiten im Anschluss an den Palmsonntag erst wieder mit dem Gründonnerstag einsetzen; »die Tage Montag, Dienstag, Mittwoch« würden zwar auch »durch große Gottesdienste ausgezeichnet«, aber allein die gemeinsame Erwähnung verweist schon auf ihr geringeres Gewicht. Erst ab dem Donnerstag erhalten die Tage der Karwoche eigene Bezeichnungen und spezifische

Rituale. So unmerklich also diese Verbindung in profanen Zeiten auch sein mag: In der heutigen Gestalt des Donnerstags finden sich Reste der christlichen Liturgie.

Der neue Verkäufer im Feinkostgeschäft war noch nicht in der Lage, das Gewicht eines einzelnen Stücks Käse abzuschätzen. Die Kunden verlangten hundertfünfzig oder zweihundert Gramm, und er musste immer wieder den ganzen Laib auf die Waage stellen, um dann ein Stück davon abzuschneiden.

Hochsommer: Die Garderobenkraft in der Bibliothek stand noch am späten Vormittag vor einer Reihe leerer Haken.

In dem asiatischen Restaurant am anderen Ende der Welt nahm er den Sinnspruch im Glückskeks plötzlich ernster, als er es zu Hause getan hätte (Moon House, Los Angeles).

Twentynine Palms: Beim Verlassen des Restaurants war der Nachthimmel auf fast verstörende Weise mit Sternen *übersät*. Es war das Wort, das einem sofort in den Sinn kam beim Anblick der unzähligen, verschieden großen und hellen Punkte, die den Himmel bedeckten wie Windpocken einen Körper.

Ende Juli wollte jemand einen Kalender im Schreibwarengeschäft kaufen. Die Verkäuferin musterte den Kunden wie einen Verdächtigen.

»Meine Lebensgefährtin«, sagte der Mann auf dem Empfang und stellte die Frau an seiner Seite den Umstehenden vor. Die Länge des Wortes hatte etwas Umständliches; die letzten Silben wanden sich mit Verzögerung aus dem Mund, wie bei billigen Luftschlangen.

Ein Museumswärter, der sich tatsächlich für die Bilder ringsum zu interessieren schien; von Zeit zu Zeit beugte er sich zu seiner Kollegin hinüber und schien ihr etwas zu erklären.

Der Mann im Wartezimmer wippte mit dem Fuß; es war unklar, ob es ein nervöser Reflex war oder der Takt einer inneren Melodie.

Das nach einem Unfall gesperrte Stück Autobahn: Der Asphalt lag so unberührt da wie eine frische Schneedecke am Morgen.

Lemberg, Ukraine: Er hatte sich an die Stadt gewöhnt, als er nicht mehr unwillkürlich nach dem Besitzer fahndete, wenn er einen umherstreunenden Hund entdeckte.

Narzissmus des Liebeskummers: Trauerte er wirklich ihr nach oder nicht vielmehr jenem freien, beflügelten Wesen, das sie für kurze Zeit in ihm hervorgebracht hatte?

Vor der Pizzeria stand ein Polizeiwagen. Es war unmöglich, das Bild nicht als Zeichen wahrzunehmen, als Hinweis, dass »etwas passiert« sei, auch wenn er längst wusste, dass die Beamten der nahegelegenen Wache hier regelmäßig ihr Abendessen holten.

Die Mädchen im Zug schminkten sich vor den Displays ihrer Mobiltelefone.

Rund um das Kinderkarussell in der kleinen Halle standen Plastikstühle für die Eltern; auf den Tischen daneben lagen sogar ein paar zerlesene Magazine, als sei es das Wartezimmer eines Arztes. (Forte dei Marmi)

In einem Supermarkt kaufte er sich ein Hanuta und warf das Papier, in dem noch das Fußballbild der aktuellen Sammelkollektion steckte, achtlos in den Mülleimer am Straßenrand. Für einen Augenblick spürte er das Infame dieser Geste; wie viele Jahre wäre es undenkbar gewesen, unverzeihlich, das Bild mit dem Spielerporträt keines Blickes zu würdigen.

Die Eishockeyspieler auf dem Weg in die Kabine: Sie, die gerade noch als Ikonen der Körperbeherrschung umjubelter Mittelpunkt des Geschehens waren, geben nun, kurz nach dem Abpfiff, ein merkwürdig unbeholfenes Bild ab. Auf ihren Schlittschuhen tasten sie sich den Hallenboden entlang, wie Marionetten, die gerade fallen gelassen worden sind und jetzt versuchen, selbstständig zu gehen.

Er wunderte sich, warum sie, die er zufällig in der U-Bahn getroffen hatte, plötzlich nicht mehr genau zuhörte und bei jedem seiner Sätze ein bisschen zu schnell mit dem Kopf nickte, als wollte sie ihn dadurch zum Verstummen bringen. Als der Zug dann in die Station einfuhr, stand sie – während er noch weitersprach – etwas verlegen von ihrem Sitz auf und sagte ihm, dass sie jetzt aussteigen müsse. Nun verstand er: Sie hatte es nicht gewagt, ihn zu unterbrechen, und darauf gehofft, dass er noch vor der nächsten Haltestelle zu reden aufhören würde, damit ihr noch Zeit bliebe, sich von ihm zu verabschieden. (Er nahm sich vor, bei solchen Zufallsbegegnungen von nun an gleich zu fragen, wie weit der andere fahren würde, um ab einem gewissen Zeitpunkt keine längere Frage mehr zu stellen.)

Das Fahrrad der Frau, die ihren kleinen Sohn auf einem Kindersitz transportierte, hatte hinten fast einen Platten, und die Mühe, mit der sie in die Pedale trat, symbolisierte in diesem Moment das ganze Gewicht ihrer Mutterschaft.

In der Dämmerung standen die untergehende Sonne und der aufgehende Mond einander gegenüber – der eine noch ganz blass, wie eine Wolke unter Wolken, die andere schon fast ohne Leuchtkraft (man konnte die rote Sonne betrachten, ohne geblendet zu werden). Es war noch hell, doch die Vorstellung war unmöglich, dass eines der beiden Gestirne für diese Helligkeit verantwortlich war. Vielmehr schienen sie nur Teile eines Firmaments zu sein, das von unsichtbarer Quelle her erleuchtet wurde.

Die ausrangierten Züge standen nebeneinander, als würden sie auf das Startzeichen eines Wettkampfes warten.

Einmal bekam er die Nationalhymne zu einer anderen Gelegenheit als vor einem Fußball-Länderspiel zu hören, und als der letzte Ton gespielt war, vermisste er den Applaus eines Publikums und das befreite Auseinanderlaufen der Spieler.

Die Frau am Melonenstand entfernte die Kerne der zum Verkauf präparierten Stücke mit einem Zahnstocher.

Der einzelne Mann auf der Parkbank saß ganz am Rand.

Als er im Supermarkt seine Einkäufe auf das Förderband legte, fiel sein Blick auf das Etikett des Plastikbeutels, in dem die Verkäuferin Wurst und Käse verpackt hatte. Unterhalb der Mengen- und Preisangabe der Waren hatte man die Uhrzeit seines Einkaufs auf die Sekunde genau festgehalten. Warum wurde dieser Augenblick so exakt vermerkt? Es gab für ihn in diesem Moment nur eine Erklärung. Die Gegenstände sollten präpariert sein als mögliche Indizien für den Fall eines Verbrechens. Beim Bezahlen sah er einen gelangweilten Ermittler durch seine blutverschmierte Küche gehen, der einen Plastikbeutel aus dem Kühlschrank zog und seinem Assistenten zurief: »Geh doch mal in den Supermarkt um die Ecke, da hat er heute Nachmittag eingekauft.«

Die fremde Kleinstadt morgens, in der Straße mit den Fachwerkhäusern: In einem Fensterrahmen stand eine alte Frau und schüttelte die Betten aus, als müsse sie ihrer Position in einem Schaubild entsprechen.

Die gewölbte Hand des schlafenden Bettlers war mit so vielen Münzen gefüllt, dass man ihn hätte aufwecken wollen – so wie man einen Raucher manchmal darauf aufmerksam macht, dass die Asche gleich von seiner Zigarette fällt. Noch im Moment des Einschlafens hatte der Bettler an diese Geste gedacht und seine Hand in ein Gefäß verwandelt.

Er stellte seinen Rückspiegel wie ein Fadenkreuz ein.

Wenn man etwas sagt, das der Gesprächspartner nicht richtig gehört hat, formuliert man bei der Wiederholung das Gesagte immer neu. Das Vertrauen in die Bedeutungskraft der beim ersten Anlauf gewählten Worte ist verloren, auch wenn sie gar keine Schuld daran hatten, dass der andere den Satz nicht verstanden hat.

Plötzlich der Geruch von Teer auf der Straße. Es musste eine Baustelle in der Nähe sein.

An der Bushaltestelle hielt ein Wagen mit fremdem Kennzeichen. Die Beifahrerin ließ das Fenster herunter und bat die Wartenden um eine Auskunft. Sofort traten drei oder vier Passanten aus dem Wartehäuschen und begannen darüber zu diskutieren, wie die gesuchte Adresse am schnellsten zu erreichen sei. Jeder von ihnen hatte eine noch bessere Route auf Lager; sie sprachen wild durcheinander und gerieten fast in Streit angesichts ihrer Bemühungen, sich als der geeignetste Ratgeber durchzusetzen. Die Männer rissen sich um die Beantwortung der Frage wie Fußballfans um die Trikots, die von der Mannschaft nach dem gewonnenen Spiel in die Ränge geworfen werden.

Der Kellner trat neben die Hotelterrasse und warf scheinbar achtlos einige Stücke Brot auf den Boden. Wie aus dem Nichts kamen sofort ein paar Tauben angeflogen.

Er sagte »funxionieren« statt »funktionieren«.

Als die Patientin in den Behandlungsraum gerufen wurde, ließ sie die Zeitschrift aufgeschlagen auf dem Tisch liegen. Ein Mann, der kurz darauf das Wartezimmer betrat, nahm sie vom Tisch und las sofort an derselben Stelle weiter.

Der Mann, der seiner Ehefrau gesagt hat, dass er ein paar Tage auf Dienstreise in eine andere Stadt fahren müsse, liegt bei seiner Geliebten im Bett. Das Radio läuft, ein Wunschkonzert für Hörer, und auf einmal erkennt der Mann die Stimme seiner Frau. Sie ist nach etlichen Versuchen durchgekommen, erzählt dem Moderator von ihrem abwesenden Gatten, den sie gerade vermisse, und dem sie mit diesem Musikwunsch – ihrem gemeinsamen Lied seit den Anfangstagen – eine Freude machen wolle. Vielleicht höre er es ja zufällig im Autoradio, sagt sie, sie habe ihm nicht Bescheid gesagt, es solle eine Überraschung sein.

Die Zuschauer in dem fremdsprachigen Kinofilm lachten auffallend häufig, so als wollten sie damit kundtun, wie gut sie den Film verstanden.

Als der Mann am Nebentisch von den Toilettenräumen zurückkehrte, führte sein Gegenüber ein Telefongespräch, und sofort zog auch er sein Handy aus der Jackentasche, als müsse ein Gleichgewicht hergestellt werden.

Der Autoschlüssel des Vaters, den das Mädchen im Sandkasten umhertrug, hatte seine Funktion verloren. In den Händen des Kleinkindes verwandelte sich alles in Spielzeug.

Als die Modeaufnahmen im Stadtpark beendet waren, begannen der Fotograf und seine Assistenten sofort mit den Aufräumarbeiten. Das Fotomodell, Augenblicke zuvor noch im Mittelpunkt der Szene, wurde in diesen Minuten von allen vergessen; immer noch glänzend vor Schminke stand es etwas abseits der Aufräumenden – wie eine stehengelassene Braut nach der Hochzeitsfeier, wenn in der Kirche schon geputzt wird.

Ein Simultanübersetzer auf einem Kongress, der bei einer schönen Stelle plötzlich aufhorcht und vergisst, weiterzusprechen.

Auf dem Körper des vollständig tätowierten Mannes im Freibad fiel mit Verzögerung eine neue, erst in Umrissen bearbeitete Stelle ins Auge – inmitten der zahllosen fertigen Motive ein überraschendes Provisorium, wie das Gerüst eines Neubaus in den dicht besiedelten Straßen einer Metropole.

In der Abenddämmerung der Blick aus dem Fenster des landenden Flugzeugs: Die erleuchteten Flutlichtmasten des Fußballstadions waren das Zentrum der Stadt.

Als die Passagiere des gerade angekommenen Langstreckenfluges die Empfangshalle betraten, hielten einige der Wartenden handbeschriebene Namensschilder hoch. Er hatte Lust, sich als einer der Gesuchten auszugeben.

Ein Detektiv ohne Auftrag, ein Leibwächter seiner selbst.

Das türkische Mädchen hatte das Handy zwischen Ohr und Kopftuch gesteckt und telefonierte freihändig.

Dass man immerzu glaubt, man könne das Eintreffen eines Menschen beschleunigen, indem man ihm ein Stück seines Weges entgegengeht.

Am Tag nach dem Tod des Familienmitglieds stand sofort ein schwarzgerahmtes Foto im Wohnzimmer, als hätte man mit diesem Ereignis gerechnet.

Der ausgeliehene Kugelschreiber, der während der ersten Schreibbewegungen scheinbar noch den Schriftzug des Besitzers in sich birgt und die Buchstaben kurzzeitig in eine andere Richtung trägt.

Die Kräne sahen aus, als würden sie auf den Kirchturm zielen.

Sich vor dem Flug gegen die Angst des Abstürzens wappnen: Jemanden unter den mitreisenden Passagieren auswählen, der nicht so aussieht, als würde eine solche Katastrophe in seine Biografie passen.

Dass bei einer kritischen Situation im Strafraum plötzlich das ganze Stadion wie mit einer Stimme »Hand« schrie, um den Schiedsrichter auf das Vergehen aufmerksam zu machen, kam regelmäßig vor. Doch heute, als der gegnerische Torwart den Ball für einen Moment hinter die Torauslinie fallen ließ, ertönte ein irritierendes »Ecke« von den Tribünen. Anders als »Hand« schien dieses Wort kein reflexhafter Ausruf mehr zu sein – eine Silbe zu lang, um von Tausenden im gleichen Moment hervorgestoßen zu werden. Für einen Augenblick wirkte die Aktion wie einstudiert.

Der Verkehrspolizist stand mit verschränkten Armen auf der Kreuzung.

Süditalien: Die Todesanzeigen hingen wie Veranstaltungsplakate an den Häuserwänden.

Die Einheimischen in der Cafeteria erkannte er daran, dass sie das Gebäck in ihrer Hand mit einer Serviette umwickelt hatten.

Die Zitronen an den Bäumen sahen aus wie vollendete Attrappen.

Die Frau in dem abfahrenden Zug erkannte einen Freund auf dem Bahnsteig. Durch das geschlossene Fenster winkte sie ihm zu und formte die Lippen zu einem Gruß. Natürlich konnte er sie nicht mehr hören, trotzdem sprach die Frau die Worte aus: leise, ins Nichts hinein.

Die alte Dame wurde in der Bank nach ihrem Geburtsdatum gefragt: Verwunderung darüber, dass es ihr sofort einfiel, so als müsste die Erinnerung an dieses Ereignis immer schwächer werden, je länger es zurückliegt.

Ein toter Vogel lag auf der Straße: jedoch nicht wie sonst überfahren und zerfetzt, sondern ruhig auf dem Rücken liegend, mit zur Seite geneigtem Kopf. Als hätte er sich einen Platz zum Sterben gesucht.

Seine Begleiterin in der Bar aß Oliven, und jedesmal, wenn sie den Kern ausspucken wollte, schien sie darauf zu warten, dass er sich kurz wegdrehen oder den Blick senken würde, damit sie ihn unbemerkt in die kleine Schale auf dem Tisch legen konnte.

Als der Selbstmörder aus dem Auto stieg und sich auf die Gleise legte, ließ er die Wagentüre offen. (Szene eines Kriminalfilms)

Wie alle Zuschauer im Kino vor Beginn des Hauptfilms noch einmal ihre Sitzposition ändern, als wäre später, während des Films, jede Bewegung verboten.

Der vielleicht tiefste Einschnitt nach dem Siegeszug des Onlinedatings: dass die Anbahnung der Liebe nun vom ersten Moment an allein in Zweisamkeit erfolgt. Das Wischen des Profilbilds nach rechts, die ersten Kurznachrichten, ein Treffen von Angesicht zu Angesicht: Ausgeblendet ist auf diesem Weg der Annäherung jede Form des Umfelds und Hintergrunds, die in einer medienärmeren Epoche der Paarbildung die Gestalt des Umschwärmten erst hervorbrachten. Wer ließ das Herz höher schlagen in Zeiten vor Parship und Tinder? Ein Mensch, dessen Attraktivität und Anziehungskraft zu einem Gutteil von der Position bestimmt wurde, die er am Ort der ersten Begegnung einnahm. Die Bedienung im Café, deren souveräne Bewegungen im Gedächtnis blieben. Die Mitstudentin, die ein Seminar plötzlich mit unerwarteten Kommentaren belebte. Sich verlieben hieß: In der Choreografie der Körper plötzlich den einen entdecken, der das Interesse weckte und dessen Wegen man folgte. Im Onlinedating ist dieser atmosphärische, soziale Anteil an der Entstehung der Liebe getilgt, verdichtet auf das kontextlose *matching* zweier Profile. Doch wer soll sich vor einem Hintergrund absetzen, wenn es diesen Hintergrund nicht mehr gibt, sondern nur noch Mitbewerber?

Die funktionierende Ampel nachts auf einer vollkommen unbefahrenen Straße: die Verwunderung über das Ausbleiben der Motorengeräusche, wenn das Licht auf Grün springt.

 Nachdem die Frau auf der Café-Terrasse einige Ansichtskarten geschrieben hatte, schob sie den Stapel zu ihrem Ehemann hinüber, der noch seinen Namen daruntersetzen sollte. Der Mann unterschrieb die Karten rasch, ohne einen Blick auf die Urlaubsgrüße zu werfen, so wie ein Geschäftsmann die von seiner Assistentin bereitgelegte Korrespondenz abzeichnet.

Thomas Manns Fußpfleger in Los Angeles hieß »Dr. Kafka« (Tagebuch, 31.3.49).

Der Pförtner hinter der Glasscheibe schaltete jedes Mal, bevor er etwas sagte, sein Mikrofon ein. Nur bei der letzten Antwort, die kaum mehr als ein Kopfschütteln war und keinerlei Entgegnung mehr duldete, machte er davon keinen Gebrauch.

Ein Traum: Er wurde in ein Zimmer geführt, in dem alle Gegenstände lagen, die er jemals verloren hatte – ein Fundbüro ganz für ihn allein.

Während der Zugfahrt sah er aus dem Fenster, und sein Blick fiel auf ein paar vorbeiziehende Dörfer, in denen nicht das geringste Zeichen von Leben erkennbar war. Sie schienen nur für die Insassen der Züge gemacht zu sein. Alles war außer Betrieb; auf dem Fußballfeld fehlten sogar die Netze der Tore.

Die ältere Frau, die ihm den Weg beschrieb: Als er sein Ziel erreichte, fiel ihm auf, dass sie einen viel zu langen Zeitraum angegeben hatte, daran gewöhnt, selbst so lange für diese Strecke zu brauchen.

Im Kino eine Reihe mit Münchner Filmen aus den späten sechziger Jahren: Man sieht sich diese Spielfilme inzwischen wie Dokumentationen über das Gesicht der Stadt vor einem halben Jahrhundert an. Die Ränder der Bilder – das, was den unvermeidlichen Hintergrund der Handlung abgab – sind längst das eigentlich Interessante. Die Kamera fährt in diesen Filmen so geduldig an den Häuserfassaden entlang, als wisse sie insgeheim schon um die Faszination, die ihre Aufnahmen Jahrzehnte später haben würde. Im Kinosaal kann man bei jedem neuen Bild ein Tuscheln im Publikum vernehmen; irgendjemand hat herausgefunden, an welchem Platz, in welcher Straße der Stadt die Szene spielt, und macht seinen Nachbarn auf diese Entdeckung aufmerksam. Das Vergnügen des Wiedererkennens – und die Überraschung, dass in der bekannten Umgebung vieles noch anders war als heute:
Es gab *noch* schwarze Taxis auf den Straßen.
Die Bierflaschen hatten *noch* keine Kronkorken.
Es hingen *noch* Werbeschilder aus Email an den Wänden des Geschäfts.
Jedes dritte Auto war *noch* ein Käfer.

Für den Eiskunstläufer war es *noch* nicht zu gefährlich, eine Brille zu tragen anstelle von Kontaktlinsen.
Die Motorradfahrer hatten *noch* keinen Helm.
In einer langen Straße, unter der seit langem die U-Bahn fährt, verkehrte *noch* die Straßenbahn.
Auf dem Werbeprospekt eines Unternehmens war zu sehen, dass die Telefonnummern *noch* aus fünf Ziffern bestanden.
In den Spielsalons gab es *noch* Flipperautomaten, die *noch* mit mechanischer Punkteanzeige funktionierten.
Der Telefonapparat in der Konditorei hatte noch eine Wählscheibe (unter der lauter Kuchenkrümel lagen).

Während einer Podiumsdiskussion meldete sich jemand aus dem Publikum zu Wort. Der Mann begann sehr umständlich, zu der diskutierten Frage Stellung zu nehmen. Plötzlich holte er mit nervösen Handgriffen ein vorbereitetes Manuskript aus seiner Tasche und verlas einen längeren Text. Der Mann hatte auf diese Gelegenheit gewartet wie ein Attentäter auf den Moment, in dem er abdrückt.

Die beiden Männer, die sich an der Bushaltestelle unterhielten, verließen plötzlich ihren Platz und gingen weg, als hätten sie ein Zeichen bekommen.

Als er im Geschäft den genau abgezählten Betrag auf die Theke legte, lobte ihn die Verkäuferin, als hätte er eine Aufgabe gelöst.

Das Zwitschern der Vögel hatte keinen genauen Ursprung – seine Augen fahndeten nach der Herkunft der Töne, doch im Gestrüpp der Bäume war kein Vogel auszumachen.

In der Gesprächsrunde am Tisch geschah es immer wieder, dass dem Erzählenden keiner mehr zuhörte. Wenn der Mann die Unaufmerksamkeit seiner Bekannten bemerkte, versuchte er – der zunächst niemand Bestimmten angesehen hatte – sich ein einzelnes Gesicht zu suchen, dem er die Rede anbot wie kurz zuvor der Rosenverkäufer seine Ware. Zunächst glückte diese Methode auch, doch dann wandte sich auch dieser Tischnachbar ab, und der Mann fand kein Augenpaar mehr, das seine Geschichte aufnahm. Der Blick des Mannes streifte – während er immer weitersprach – erfolglos von Gesicht zu Gesicht, bis er schließlich nach ein paar Sekunden stockte und mitten im Satz endete. (Die Verzweiflung in den Augen des Mannes in diesem Moment.)

Als er nach draußen in den Regen ging, spürte er die Tropfen erst mit Verzögerung.

Die U-Bahn fuhr ein, und auf dem Bahnsteig schienen alle Passanten zu überlegen, ob sie sich noch retten könnten, wenn sie jetzt auf das Gleis hinabstürzten.

Die Frau neben ihm hatte noch genauso viele Prozentpunkte Akku auf dem Handy wie er selbst.

Tagebuch (5), *Freitag*. Freitagnachmittag: Als würde die Woche nach draußen gelangen, als hätte sie sich die Abende zuvor stets für den falschen Weg entschieden, der sie wieder in dieselbe Schleife zurückführte. Jetzt, im fünften Versuch, ist endlich das Schlupfloch gefunden. In den Einkaufsstraßen der Innenstadt herrscht trotz des Gedränges eine gelöstere, nachsichtigere Atmosphäre als an den Tagen zuvor. Ob man allein am Rhythmus der Schritte erkennen könnte, dass es sich nicht um einen Montag oder Mittwoch handelt? Der Freitagnachmittag gewährt jedesmal aufs Neue das Versprechen, dass an diesem Wochenende noch einmal alles möglich sei, und auch diejenigen, deren festgefügte Lebensordnung längst jeden Glauben an eine Einlösung abgetrennt hat, spüren weiterhin, als eine Art Freitags-Phantomschmerz, ein leichtes Ziehen der Erwartung. Kein Tag der Woche, dessen Klang verheißungsvoller wäre. In den siebziger Jahren gab es sogar ein Sexmagazin, das *Freitag* hieß (wäre jemand auf die Idee gekommen, es *Dienstag* zu nennen?). Im Autoradio kündigen die Moderatoren der Privatsender eine Reihe von Veranstaltungen an, und ihre marktschreierischen Stimmen, ansonsten kaum zu ertragen, bekommen am späten Freitagnachmittag eine andere Färbung; auf einmal erinnern sie tatsächlich ein wenig an ihre amerikanischen Vorbilder. Ewige Bilder der Freitags-Sehnsucht aus alten Highschool-Filmen, die von diesen Stimmen heraufbeschworen werden: Wie eine Gruppe von Freunden in einer breiten Limousine – auch vorne eine durchgehende Sitzbank – durch die erleuchteten Straßen fährt, die Fensterscheiben heruntergekurbelt, die Musik bis zum Anschlag aufgedreht. In der Nische eines Diners treffen sie ein paar Bekannte, um dann durch Zufall auf der Party ihres Lebens zu landen.

Montagmorgen und Freitagabend ergeben in der Ordnung der Woche ein komplementäres Paar. Ähnlich häufig sind diese beiden Tage deshalb Gegenstand von Popsongs; die Freitagspreisungen bilden die Antithese zu den Montagsschmähungen. »Thank God It's Friday« singt R. Kelly, und in einem berühmten Lied von The Cure zählt Robert Smith auf, mit welcher Leichtigkeit dieser Tag die Lasten der Woche aufzuwiegen vermag: »I don't care if Monday's black, Tuesday Wednesday heart attack, Thursday never looking back, it's Friday I'm in love«.

 Der Freitag, kein Zweifel, ist dazu da, sein Glück zu machen, und nicht umsonst endet gerade an diesem Tag von jeher die Frist der Lottospieler. Wie ein Refrain kehrt in den aufgeschnappten Dialogfetzen des Nachmittags seit langem die Frage wieder, ob der andere schon »den Schein aufgegeben« habe: im Telefongespräch eines Arbeitskollegen mit seiner Frau, in einem Zuruf zwischen Bekannten im Supermarkt. Und war nicht der Freitagnachmittag selbst, wenn die Verabredungen für das Wochenende getroffen wurden, lange Zeit so etwas wie ein Lotterieschein, auf dem man sich für eine bestimmte Kombination von Leuten und Orten entschied, in der Hoffnung, eine glückliche Wahl zu treffen.

Der Wecker, der mitten am Tag zu klingeln begann: Das Geräusch, ansonsten an eine bestimmte Situation, ein bestimmtes Ritual gekoppelt, hatte etwas Irritierendes – wie der Duft von Weihrauch außerhalb einer Kirche.

Die Ehrlichkeit der Kinder beim »Ich sehe was, was du nicht siehst«-Spiel: Sie geben es immer sofort zu, wenn ein Mitspieler den Gegenstand errät, obwohl ein Betrug niemals aufgedeckt werden könnte.

Das Leben ist zu Ende, wenn man sich alles getraut hat.

Zwei Verkehrspolizisten schrieben ihre Strafzettel an diesem Sommertag auf einer Parkbank.

Beim Eintreten in ein großes Wohnhaus um die Mittagszeit: der Geruch von Essen vor den Türen.

Als die Biene hinter dem Vorhang, die lange Zeit vergebens einen Weg ins Freie gesucht hatte, starb und auf das Fensterbrett fiel, änderte sich im selben Augenblick auch die Art, wie sie wahrgenommen wurde. Das Zuschauen des Lebendigen ging ins Anschauen des Leblosen über. Im Moment ihres Todes schien der Blick auf die Biene schwerer geworden zu sein.

Jemand fuhr alleine auf einem Tandem.

Eine alte Frau, deren Mund fast ganz nach innen gezogen war vor lebenslanger Zurücknahme.

Die Reinigungskraft im Hotel schaltete jedes Mal, wenn sie ein neues Zimmer aufsperrte, sofort den Fernseher an.

Der »herrenlose Koffer«: seit wann löst er Angst aus?

Der Busfahrer musste einen Umweg machen, weil ein Falschparker die übliche Route versperrt hatte.

Auf der ungewohnten Strecke fuhr er sofort nervöser und verursachte bei einer Linkskurve fast einen Unfall.

Oktober: Die Hopfenfelder, an denen der Zug vorbeirauschte, waren schon abgeerntet.

Älterwerden: Wenn in der Suchmaske das Geburtsjahr ausgewählt werden muss, ist das Herunterscrollen schon lange keine flüchtige, mit einem Antippen vollzogene Handbewegung mehr, sondern ein fast beschwerliches Blättern.

Aus der Ferne ertönte die Pfeife eines Schiedsrichters. Ein Fußballplatz musste in der Nähe sein.

Die Arbeitskollegin, von der er in der Nacht geträumt hatte: Als er sie tagsüber sah, hatte er das Gefühl, etwas Geheimes über sie zu wissen, das er vor ihr verbergen müsse. Es war ein klarer, intensiver Traum gewesen, und die nächtlichen Berührungen hatten sich so stark eingeprägt, dass er sie noch Stunden später zu spüren glaubte. Sie redete ganz unbefangen mit ihm, doch er fühlte sich wie ein Betrüger, wie der Graf in Kleists *Marquise von O.* Es war, als hätte nicht er geschlafen in der Nacht, sondern sie, als hätte er sie im Schlaf überrumpelt.

In fast jedem Western taucht eine Figur auf, von der man schon nach wenigen Augenblicken sagen kann, dass sie im Verlauf des Films sterben wird. Der Gutmütig-Vorlaute, der kauzige, aber liebevolle Hilfssheriff oder der Kutscher, der vom ersten Moment an zu viel redet, der lauthals Pläne schmiedet und noch so viel vorhat. Doch der Schwall der Worte, so scheint es, fordert das Schicksal heraus. Dass gerade er zum ersten Opfer der Indianer oder der skrupellosen Schmugglerbande wird, dass er während einer Schießerei zufällig im Weg steht, scheint wie die Strafe seiner Flapsigkeit.

»Ihr habt ja lange Hosen an, fliegt ihr heute heim?« (am Frühstücksbuffet des Strandhotels)

»Kerker«, weises Wort: abgeschlossener, immergleicher Raum, der in der lallenden Wiederholung derselben Silbe widerscheint.

Er versendete eine elektronische Überweisung, nur um wieder einmal eine SMS zu bekommen.

Die Betreiber der kleinen Delikatessen- und Spirituosengeschäfte, die morgens vor ihrer Ladentüre knien und das am Boden angebrachte Schloss aufmachen: Ritual des Tagesbeginns in Manhattan (Lexington Avenue / 56th Street).

Er ging über die schon blinkende Fußgängerampel und versuchte zu erraten, wann das flackernde Bild der roten Hand stehenbleiben würde.

Der Musikgeschmack der Eltern früher, ihre Peter-Alexander- oder Charles-Aznavour-Platten: Lange Zeit war er sich sicher, das seien die Lieder, die Menschen in einem bestimmten Alter hören, und mit Unbehagen dachte er an die Zeit, in der auch er, einer Art Naturgesetz folgend, diese Vorlieben annehmen würde. Erst viel später, mit dem Auftauchen vierzigjähriger Techno-DJs und fünfzigjähriger Punkrocker, erwies sich diese Prognose als fehlerhaft. Man bleibt ein Leben lang seinem Musikgeschmack treu, hält sich weiterhin für einigermaßen informiert (und zweifellos wird der eigene Sohn diese lebensverändernden Platten seinerseits einmal für beschauliche Seniorenmusik halten). Sein Peter Alexander war Jello Biafra, sein Charles Aznavour Ian MacKaye.

Wie dramatisch es immer klingt, wenn ein Kleinkind sich verschluckt.

Herbst: das Laub in den Fahrradkörben.

Er wollte etwas tun, das seiner Einsamkeit Ausdruck verlieh, und ging alleine Minigolf spielen.

Die Frau vor ihm an der Handgepäck-Kontrolle schritt über die elektronische Schwelle wie ein Model über den Laufsteg.

Auf Langstreckenflügen kehren die Erinnerungen an vergangene Langstreckenflüge zurück (so wie er bei Wanderungen ständig an frühere Wanderungen denken muss).

Die Soßenreste in den Mundwinkeln der Dönerbuden-Esser.

Wie sehr bewunderte er als Kind die Gabe der Erwachsenen, eine unveränderliche Unterschrift hervorzubringen. Wenn der Vater seinen Namen unter ein Formular setzen musste, ergab sich jedes Mal der gleiche wiedererkennbare Schriftzug, auch wenn die Signatur noch so nachlässig hingeworfen zu sein schien. Dem Kind mochte das nicht gelingen: Stundenlang saß es vor einem Block und versuchte seine Unterschrift zu üben, doch niemals sah ein Namenszug so aus wie die andere.

Auf dem von Schülern wimmelnden Dorfbahnhof zur Mittagszeit: Die kleinen Speichellachen vor den Sitzbänken schienen wie eine biologische Notwendigkeit, so unwillkürlich wie die Schweißflecken auf dem T-Shirt eines heimkehrenden Joggers.

 Dinge, die er noch nie gesehen hat: einen Kranführer, der bei Dienstbeginn auf seinen Kran klettert.

Eine Krankenhausszene im Film: Auf dem Bildschirm neben dem verkabelten Bett des Schwerkranken ertönt die Nulllinie und verkündet den Tod des Patienten. Gewöhnlich folgt nach diesem Signal ein scharfer Schnitt, und der Gang der Handlung wird fortgesetzt, etwa mit einem Gespräch zwischen dem Arzt und den trauernden Angehörigen. Dieses Mal aber lief die Szene weiter, und man sah, wie ein Hilfsarzt nach dem Feststellen des Todes die Maschine ausschaltete. Im Klicken des Apparates, noch nie gehört, wurde die ganze Tragödie des Sterbens plötzlich wieder spürbar; das banale Geräusch, nicht anders als bei einem Lichtschalter oder einer Stereoanlage, machte den regungslosen Körper auf dem Bett erst wirklich zur Leiche. (*Columbo*, »Schach dem Mörder«)

Sie nahm die Hand ihres Freundes, um von seiner Zigarette zu ziehen.

Ein selten gezeigter Ausschnitt des WM-Finales von 1954 zeigt den durchnässten Fritz Walter, wie er nach dem Spiel den Siegerpokal in Empfang nimmt. Unwillkürlich rechnet man damit, dass er die Trophäe, wie aus zahllosen Siegerehrungen bekannt, mit emporgereckten Armen dem Publikum präsentiert. Doch dieser feierliche Augenblick fiel vor über sechzig Jahren überraschend diskret aus. Fritz Walter nimmt den Pokal entgegen, trägt ihn, leicht an seine Brust gelehnt, sofort zur Mannschaft zurück und reiht sich wieder in die versammelten Spieler ein. Eine für den heutigen Zuschauer irritierende Situation: Kein anschwellender Jubel ist im Stadion zu vernehmen; es scheint, als würde der entscheidende Moment, die eine Geste, in der sich das historische Ereignis konzentriert, einfach übergangen.

Wann ist das euphorische Präsentieren des Pokals nach einem Fußball- oder Tennisfinale zur Selbstverständlichkeit geworden? Boris Becker reckte 1985 die Trophäe unter minutenlangem Jubel und Blitzlichtgewitter in die Höhe, Franz Beckenbauer 1974 in München ebenso; seit mindestens vier Jahrzehnten verdichtet sich jede sportliche Großtat in einem tausendfach reproduzierten Bild. Irgendwo in den sechziger Jahren scheint die Schwelle zwischen der zurückgenommenen und triumphalen Form der Siegerehrung zu liegen. Der Grund für diesen Wandel könnte damit zu tun haben, dass sich im Jahr 1954 noch keine hundertköpfige Schar von Kameramännern vor dem Spielführer postierte. Vermutlich hat sich die triumphale Entgegennahme des Pokals als Zugeständnis an die nur wenige Meter entfernten

Medienvertreter herausgeprägt, die für die Fernsehübertragungen und Tageszeitungen ein amtliches Dokument des Sieges benötigten. Fritz Walters unerwartete Passivität könnte also ein Indiz dafür sein, dass die jubelverzerrten Gesichter und emporgestreckten Arme heutiger Pokalempfänger nicht, wie man denken könnte, auf schiere, instinktive Freude zurückzuführen sind. Noch die spontansten Körperregungen haben ihre Geschichte.

Er hatte ihr sein Handykabel geliehen, und als sie es zurückgab, noch erhitzt vom Aufladen, hoffte er, diese Spannung als Zeichen deuten zu dürfen.

Wintermorgen: Die vereisten Fahrplantafeln an der Bushaltestelle waren genau an jenen Stellen aufgekratzt, die die Abfahrtszeiten in den Vormittagsstunden anzeigten.

Morgens blickte er aus dem Fenster und sah, wie jemand in der gegenüberliegenden Wohnung ein Kalenderblatt abriss – ein neuer Tag.

Kurz nach Ladenschluss, wenn die Angestellten das Kaufhaus durch den Personalausgang verlassen, stehen ein paar Freunde und Angehörige vor der Glastür (wie am Flughafen, nach der Ankunft einer Maschine).

Jemand verließ ein Friseurgeschäft, so wie man aus einem Schreibwarenladen kommt. Man hätte eine kleine Unsicherheit im Blick erwartet angesichts des neuen Haarschnitts, aber nein: kein Umschauen, kein vorsichtiges Nesteln am Haar, kein prüfender Blick in die Schaufensterscheiben der Geschäfte. Der Kunde ging einfach davon.

Allein auf dem Bahnsteig, mitten in der Nacht, hörte er zum ersten Mal das beinahe lautlose Rattern der Tafeln, die den Endhaltepunkt der einfahrenden U-Bahn anzeigten.

An einer Kreuzung mit defekten Ampeln wurde ein Verkehrspolizist von seinem Kollegen abgelöst. Er verließ seine Position, und beim Weggehen wirkte er sofort jünger.

Der Moment, wenn einer der Geehrten in der ersten Reihe aufsteht und die Bühne betritt, um den Preis entgegenzunehmen: Jeder von ihnen knöpft auf dem Weg hinauf zum Podium, der über eine schmale Seitentreppe führt, einen Knopf seines Sakkos zu. Eine Geste des Übergangs – nicht nur vom Sitzen zum Stehen, sondern auch vom Privatmann zur öffentlichen Figur.

An seinen Fingern der Geruch des Tages.

In einem verwahrlosten Teil des Parks, hinter dichtem Gestrüpp, plötzlich eine ehemalige Lichtung mit einer Bank: Wann hier wohl das letzte Mal jemand gesessen hatte? Neben der Bank stand ein Papierkorb, in dem die Verpackung eines Schokoriegels lag, der schon seit längerer Zeit nicht mehr hergestellt wird.

Der Skifahrer auf dem Schlittenberg wirkte wie ein Eindringling.

Nur die Freundin des Besitzers gebrauchte vor dem Eintreten in die Imbissbude den Fußabstreifer.

Der sichtbare Atem im Winter: Als Kind tat er dann manchmal so, als würde er rauchen.

Die großflächige Tätowierung auf dem Unterarm des Geschäftsmanns wirkte wie ein Fremdkörper; sie blieb dem Träger äußerlich wie ein Gipsverband.

Immer noch verblüffend, mit welcher Geschwindigkeit die mediale Dingwelt, die im vergangenen Jahrhundert die Wohnräume geprägt hat – Bücher, Schallplatten, CDs, Videokassetten, DVDs und die dazugehörigen Geräte – geschrumpft und verschwunden ist. Längst genügt ein kreditkartengroßer Computer vor leeren Wänden, in leeren

Zimmern, um die gewünschten Bilder, Töne und Imaginationen hervorzurufen, in einer Fülle, mit der kein herkömmliches Archiv konkurrieren kann. Doch was bedeutet diese radikale Entstofflichung (oder besser, diese radikale Verschiebung von Stofflichkeit von der privaten Umgebung hin zu den abgelegenen Rechenzentren) für die Geborgenheit der Wohnräume? Kann der Trost, der von den Bücherregalen und Plattensammlungen ausging, ohne Weiteres von den körperlosen Dateien und Streams gespendet werden?

Der Vater in seinen späten Vierzigern, die Mutter etwas jünger, die beiden Schulkinder, im Abstand von drei oder vier Jahren – wie es dort im Park entlangging, wirkte das Ensemble wie die vollendete Umsetzung eines Vorhabens, wie musterhaft eingelöste »Familienplanung«.

Die Gerechtigkeit der Sprache: Was schlecht geschrieben war, verstand er beim Wiederlesen später nicht mehr.

Am Friedhof fiel sein Blick auf die Geburts- und Sterbedaten auf den Grabsteinen. Eine seltsame Neugier ließ ihn nach Gräbern fahnden, bei denen der Tag des Todes besonders nah an dem der Geburt lag.

Die Frau mit dem Kinderwagen brach sich Bahn wie ein Notarzt auf der verstopften Schnellstraße.

Vor dem Wettbüro stand einer mit Ringrichterfigur.

Speisewagen Berlin-Hamburg, Montag 7.42 Uhr, Sprachlabor der Geschäftswelt: »Deswegen bin ich jetzt schon auf der Schiene der Lösungsorientierung.«

In der Zeitung ein paar alte Fotos von Punks in der BRD: An den parkenden Autos, den Werbeplakaten oder den Passanten mit ihren Einkaufstüten im Hintergrund kann man genau erkennen, ob das Foto eher Ende der siebziger oder Ende der achtziger Jahre aufgenommen wurde. Die Punks dagegen bleiben geschichtslos; an ihrer Erscheinung allein würde sich der Zeitpunkt der Aufnahme nicht annähernd bestimmen lassen. Im Nachhinein scheint die mächtigste Facette ihrer Verweigerung der Aufstand gegen die eigene Datierbarkeit gewesen zu sein. Alle soziale Sprengkraft war vermutlich schon damals, ein paar Jahre nach den Sex Pistols, verpufft, die Irokesen und Nieten nichts als grelle Folklore, und wer noch etwas später als Punk herumlief, schuf eine Figur, die ungefähr so subversiv war wie ein Elvis-Double. Doch in der Rückschau, im Blick auf die Fotos aus verschiedenen Zeiten, in denen die Punks den immergleichen Auftritt haben, lässt sich vielleicht die wahre Subversion erkennen. Der Protest betraf nicht die Spießerwelt, nicht die Zukunft, nicht das »System«, sondern vor allem das Kolorit der eigenen Zeit.

Der Schriftsteller, der in Depressionen verfiel, als er einmal beim Gang durch ein Möbelhaus seinen Roman im Regal eines Musterzimmers fand.

Je länger der Winter dauerte, desto seltener waren die Scheiben der eingeschneiten Autos mit Schriftzügen oder Zeichnungen verziert.

»Husten« – »hüsteln«: Gibt es die Verniedlichungsform einer Körperregung im Deutschen noch ein zweites Mal? Vermutlich nicht, auch wenn die Verwendung häufiger angebracht wäre: »weinen« – »weineln«, »kreischen« – »kreischeln«.

Als die Bekannte die Dreierrunde verließ, zwang er sich, das Gespräch nicht sofort auf sie zu lenken.

Wahrzeichen der Theorie: Als er in einem Text von Freud tatsächlich zum ersten Mal das Wort »Ödipuskomplex« las (und später dann die Wendung *survival of the fittest* bei Darwin), fühlte er sich ein wenig wie beim Anblick des Empire State Building auf der ersten Reise nach New York. Zum ersten Mal stand er direkt vor diesem berühmten Monument, das er aus sekundären Quellen allzu gut kannte, und es dauerte eine Weile, bis er die vorgeprägten Eindrücke abschütteln und einen halbwegs unverstellten Blick auf das vor ihm Stehende werfen konnte. Jetzt, als Element einer Umgebung, entfaltete die tausendfach abgebildete Stelle sofort eine andere Räumlichkeit.

Die Windschutzscheibe ist nach langen Autofahrten nicht mehr mit zerschmetterten Mücken übersät.

Das letzte Detail, das in der Wohnung auch nach Jahren noch an die Zeit mit dem Kleinkind erinnert: die nie entfernten Sicherungskappen an den Steckdosen knapp oberhalb des Bodens.

Versuch, den Horizont zu verengen.

Tagebuch (6), *Samstag*. Lob des Samstags: Eingebettet zwischen Freitag und Sonntag, die an ihren Rändern mit der Woche in Berührung sind (der eine Tag steht noch, der andere schon wieder mit einem Bein in ihr), erscheint einzig der Samstag wahrhaft souverän. Die Woche hat ihren idealen Reifegrad erreicht: Voll sind die Samstage, aber gleichzeitig robust, noch ohne jene weichen Stellen, die sich erst im Lauf des Sonntagvormittags abzuzeichnen beginnen. Die Zeit verstreicht genau im richtigen Tempo. Nahtlos gehen die verschiedenen Tätigkeiten ineinander über, das Frühstück, die Einkäufe, das Lesen der umfangreicheren Zeitungen. Nicht zuletzt liegt die Leichtigkeit der ersten Samstagshälfte darin begründet, dass die zweite bereits fest verankert ist: keine Gefahr, dass der Nachmittag, der Abend sich lösen und die Orientierung verlieren könnten. Fast jeder Samstag hält einen Moment der Vorfreude bereit. Und für den, dessen Wochenrhythmus immer schon vom Fußball geprägt wurde, steuert ohnehin alles auf den Beginn der Spiele um 15.30 Uhr zu. Von diesem Zeitpunkt an läuft der Samstag gewissermaßen von selbst.

Unzulässig wäre es jedoch, die Unbeschwertheit des Samstags nur mit einem einzelnen Ereignis in Verbindung zu bringen (auch die fußballfreien Wochen können ihm kaum etwas anhaben). Was also macht seine Besonderheit aus? Ist es das Verhältnis von Ausnahme und Regel? Bis in den späten Nachmittag hinein unterscheidet kaum ein äußeres Anzeichen diesen Tag von den vorangegangenen; der unveränderte Rahmen stimmt nicht mit der eigenen Ungebundenheit überein. Werktage und Sonntage sind von einer Kongruenz zwischen privatem und öffentlichem Leben gekennzeichnet, die einen in ihrer Betriebsamkeit, die anderen in ihrer Stille. Nur der Samstag ermöglicht es den meisten Menschen, den Alltag mit den Mitteln des Feiertags zu nutzen. In dieser Synthese von Ausnahme und Regel besteht sein Glück.

Alles jedoch, was sich zum Lob des Samstags hervorbringen lässt, gilt erst seit kurzer Zeit. Denn »synthetisch« ist er auch im gebräuchlichen Sinne des Wortes, ein Produkt künstlicher Herstellung. Die Unwandelbarkeit des Sonntags, die verschlungene Bedeutungstradition des Donnerstags gilt für ihn nicht. Der Samstag hat eine leicht rekonstruierbare Geschichte; als Teil des Wochenendes, als säkulare Variante des Sonntags ist er in Deutschland kaum älter als ein halbes Menschenalter. Bis in die sechziger Jahre hinein gab es die Kategorie des »Wochenendes« nicht. Der Samstag war ein gewöhnlicher Werktag, an dem man bevorzugt Arzt- und Behördentermine wahrnahm. In seinen verkürzten Bürozeiten und den informelleren Kleidungsvorschriften ähnelte sein Status allenfalls dem des heutigen Freitags. In rechtshistorischen Analysen kann man nachlesen, welche Anstrengungen vor fünfzig, sechzig Jahren nötig waren, um den Samstag umzupolen, ihn vom Wochentag unter anderen in das eigentümliche Zwischenwesen zu verwandeln, das er heute ist. Zahlreiche Fragen waren plötzlich neu zu klären: ob der Samstag als separater Urlaubstag gilt, oder nach welchen Maßstäben die Arbeitszeit bezahlt werden muss.

Der Status der Wochentage, so unumstößlich er auch scheinen mag, lässt sich also tatsächlich innerhalb einer Generation verändern. Um ein Haar hätte es in den fünfziger Jahren, als über eine sinnvollere Ordnung der Arbeitswoche und die Optimierung der Regenerationsrhythmen debattiert wurde, einen anderen Tag als den Samstag getroffen: Man zog kurzzeitig in Erwägung, die bevorstehende Fünf-Tage-Woche aufzuteilen und den Mittwoch zum zweiten freien Tag zu machen. Wie schwer fällt heute die Vorstellung, der Mittwoch könne etwas anderes sein als ein bloßer Tag »unter der Woche«? Doch ein paar Gesetzeskorrekturen hätten damals ausgereicht, und der Mittwoch wäre nun traditioneller Spieltag der Bundesliga und, nach soziologischen Statistiken, der »schönste Tag der Woche«.

Die Einführung des Samstags wurde allerdings von der allgemeinen Skepsis begleitet, ob die Bevölkerung einen zweiten arbeitsfreien Tag überhaupt annehmen würde. In einer 1955 gehaltenen Rede etwa prophezeite der Generaldirektor des Volkswagenwerks seinen Arbeitern, »dass der geforderte freie Samstag ein neues Gefühl der Leere mit sich bringen würde«. Er hatte unrecht. Wie kein anderer Tag bringt der erste Teil des neu erfundenen Wochenendes ein Gefühl der Erfüllung hervor. In einem weltlichen Kalender müsste man die Samstage rot einfärben.

Das Kuscheltier am Morgen: Es liegt wie verloren in einem anderen Teil des Gitterbettes, weit entfernt von dem schlafenden Kind. Beim Gute-Nacht-Sagen am Abend zuvor waren die beiden noch eine unzertrennliche Einheit gewesen.

Die vielen kleinen Inbus-Schlüssel von Ikea, die sich über die Jahrzehnte im Werkzeugkasten hinter dem Vorhang angesammelt haben: Bei jedem Kauf eines Regals, einer Kommode oder eines Wandhakens ist dieses Hilfswerkzeug wieder in der beiliegenden Plastiktüte enthalten gewesen, und nun bilden die Schlüssel auf dem Grund des Kastens eine vergessene, granulatartige Masse, eine Art Lebensschotter. (Warum hatte er immer gedacht, das Werkzeug hieße »Imbus« und nicht »Inbus«?)

Am Morgen standen einige Menschen vor dem noch verschlossenen Tätowierstudio, und jeder von ihnen war großflächig tätowiert, fast wie erwartet. Gibt es einen anderen Geschäftszweig, dessen Klientel schon von weitem derart gut identifizierbar wäre?

Zwei Kollegen in leitender Position, auf derselben Hierarchieebene des Konzerns: der eine – weltgewandt, flexibel, zu allen Anpassungen bereit – könnte von heute auf morgen auch zu einem beliebigen Konkurrenzunternehmen wechseln; die

Karriere des anderen, die sich einer Kette interner Fügungen und langjähriger Freundschaften verdankt, ist nur an diesem einen Ort denkbar.

Im Theater achtete er irgendwann nur noch auf die Körper der Schauspieler, auf jenen Rest, der nichts mit der dargestellten Figur zu tun hatte: die Schweißflecken unter den Achseln des T-Shirts; der abgeblätterte Lack der Zehennägel, der unter dem durchbrochenen Stoff der Schuhe sichtbar wurde; die geübten Handbewegungen, die das offene Haar zum Pferdeschwanz banden.

Kurz nacheinander kamen mehrere einzelne Personen in das Restaurant und sahen sich in dem Raum um – Zeit der Verabredungen; es musste gerade eine volle Stunde vergangen sein.

Er ertappte sich dabei, wie er in seinem Handyverzeichnis den Namen einer alten Freundin, die mittlerweile eine prominente Schauspielerin geworden war, um den Nachnamen ergänzte.

Im Nachtprogramm ein alter *Schulmädchen-Report*-Film aus den frühen Siebzigern. Was aus der Distanz von beinahe fünfzig Jahren auffällt, ist, dass die Szenen des in München gedrehten Films ständig in Neubauten spielen. Alle Protagonisten leben in denselben vielgeschossigen Wohnanlagen aus Beton, mit breiten gläsernen Eingangsfronten, wie sie ein paar Jahre zuvor an den Rändern der Stadt entstanden sind. Als müsste sich die zur Schau gestellte Modernität der Sitten auch architektonisch beglaubigen.

In Handkes *Langsame Heimkehr* wird an einer Stelle beschrieben, wie die Passagiere eines Flugzeugs bei der Landung klatschen. Es ist nur ein Halbsatz, nicht weiter erwähnenswert, doch der heutige Leser erfährt, dass diese Verhaltensweise im Jahr 1979 noch obligatorisch war. Wo sonst wäre eine solche Information gespeichert? Welche historische Wissenschaft würde sich zuständig fühlen? Literatur: Geschichtsschreibung der beiläufigen Gesten und Rituale.

Speisewagen Berlin-Hamburg, Montag 7.42 Uhr: »Das Meeting mit Hermann fahren wir genau so.«

Misstrauen gegenüber Schriftstellern und Filmemachern, die von ihren Figuren wie von realen Personen sprechen: »Also, die Anna in meinem Roman ist ja eine Frau, die gleichzeitig stark und verletzlich ist«, sagt die Autorin im Gespräch mit der Fernsehjournalistin, als rede sie von einem Menschen aus Fleisch und Blut und nicht von einem Gebilde aus Sprache.

Der wissenschaftliche Kongress mit seinen hermetischen, für alle Außenstehenden rätselhaften Darbietungen erinnerte ihn plötzlich an ein Bodybuilder-Treffen: miteinander konkurrierende, austrainierte Geister, die ihre von überdosierter Lektüre gedopten Hirnmuskeln spielen ließen, ein Festival der Brainbuilder.

Am Kittel der Drogerie-Verkäuferin hingen ein paar Buttons mit Werbeslogans des Unternehmens, und es war seltsam mitanzusehen, wie diese Objekte, Ausdrucksmittel einer persönlichen Überzeugung, plötzlich zum Bestandteil einer Uniform wurden. Er glaubte der Kassiererin anzusehen, dass sie die Sticker mit demonstrativer Gleichgültigkeit trug.

Ein Klassentreffen zum 75. Jubiläum des Abiturs: Von der Gemeinschaft der Schüler sind nur noch drei am Leben, und zwar genau diejenigen, die damals die größten Außenseiter waren, die von allen Mitschülern gehänselt wurden. Ihr bloßes Überleben eine späte Rache an den längst verstorbenen Strebern, Klassenclowns und unbehelligten Mitläufern.

Der Terror der Moderation: In der Musikschule des Stadtviertels findet ein Adventskonzert statt, auf dem die jungen Schüler den Eltern und Freunden ihre Fortschritte an Klavier, Gitarre oder Geige vorführen. Als die Veranstaltung beginnt, geht plötzlich eine Frau auf die improvisierte Bühne (vermutlich die Mutter eines auftretenden Kindes oder eine Musiklehrerin), für den familiären, vorweihnachtlichen Rahmen etwas zu schillernd angezogen. Sie trägt ein kurzes silbernes Kleid zu kniehohen schwarzen Stiefeln, hält das Mikrofon mit versierter Beiläufigkeit in der Hand, und schon die euphorische, mit leicht überschlagener Stimme vorgetragene Begrüßung lässt keinen Zweifel daran, dass dieser Nachmittag im Stil einer großen Fernsehshow präsentiert werden soll. Sie ruft das erste Kind auf die Bühne, ein vielleicht achtjähriges Mädchen mit gesenktem Kopf, starr vor Nervosität, und die Moderatorin stellt es vor, als würde Barbara Schöneberger oder Ina Müller einen Late-Night-Gast empfangen: »Marlene, du bist heute die Erste, sag' mal, was hast du für uns mitgebracht? Wir sind alle megagespannt!« Das Mädchen wispert eine kaum hörbare Antwort, aber die Moderatorin hat sich ohnehin von ihr abgewandt; sie ist längst beschäftigt mit der Neujustierung ihres Strahlens. An diesem Nachmittag, das ist klar, gehört die Bühne ihr; vielleicht träumt sie von einer Moderatorinnenkarriere im Fernsehen, und dafür ist ihr jedes Übungsforum recht.

Auf einem Rundgang durch ein Bundesliga-Stadion unter der Woche: die Verwunderung darüber, dass die Stadionuhr geht – als dürfte sie nur am Spieltag, in den Stunden rund um die Partie funktionieren.

Der Mörder im Film beseitigte die Spuren seiner Tat so ungerührt wie ein Friseur, der das am Boden liegende Haar zusammenkehrt, nachdem der Kunde das Geschäft verlassen hat.

Das Erstaunliche an der Sprache: dass ein und derselbe Satz aus reiner Fabulierlust und aus innerster Verzweiflung heraus niedergeschrieben werden kann.

Der Adventskranz auf dem Wohnzimmertisch der Familie kurz vor Weihnachten, mit den vier unterschiedlich weit heruntergebrannten Kerzen, kam ihm jetzt wie ein Zeichen des geglückten Lebens vor.

Er hatte seinem Gegenüber wohl nur für einen Augenblick nicht zugehört. Doch als ihm das auffiel und er wieder in die Unterhaltung zurückfand, kam ihm die Dauer seiner Abwesenheit wie eine Ewigkeit vor.

Einer, der in die Angestellte eines Friseursalons verliebt ist. Sie hat ihn endgültig abgewiesen, doch er kommt noch ein letztes Mal in das belebte Geschäft, um ihre Dienste in Anspruch zu nehmen. Die Asymmetrie der Gefühle bei dieser Begegnung: Sie ist gezwungen, ihre Arbeit zu verrichten, will die Situation vor den Augen der Kolleginnen nicht eskalieren lassen, und schneidet ihm in größtmöglicher Neutralität die Haare. Er dagegen bezieht die Berührungen ganz auf sich, kostet sie wie eine Zärtlichkeit aus, und er macht seinen Körper so schwer wie möglich, um ihn als Magneten einzusetzen, um die Anziehungskraft zwischen ihnen durch die schiere Kraft der Berührungen wiederherzustellen.

Am Bahnsteig rannte eine Frau zwischen den Wartenden hindurch. Er blickte auf und wunderte sich, dass da keiner war, der sie verfolgte.

Ein Bund voller Schlüsselanhänger.

Das lange Zeit unbenutzte Teesieb, in dem sich noch die Blätter des letzten Aufgusses befanden, klang beim Schütteln wie ein Rhythmusinstrument.

Und auf einmal löste sich der Zauber auf, der die Frau am Café-Tisch gegenüber umgab, als sie das Kabel ihres Notebooks mit einem unförmigen Kreppband zusammenwickelte. Eine falsche Bewegung zerstörte das Interesse mit einem Schlag. (»Keine falsche

Bewegung!« – nicht nur der Befehl eines Polizisten mit entsicherter Waffe, sondern auch der bange Wunsch des Verliebten.)

Die neue Jahreszahl, ihre leicht veränderte Physiognomie: wie eine Bekannte, die sich die Haare gefärbt hat.

In den USA trägt das Spiel »Stille Post« den Namen »Telephone«.

Speisewagen Berlin-Hamburg, Montag 7.42 Uhr: »Wollen wir das Zeitfenster von 14 bis 16 Uhr festhalten, oder was denken Sie?«

Der steife Flug der Möwe am Meeresufer, die den Launen des Windes so ungehindert ausgesetzt zu sein scheint wie ein Flugzeug aus Papier.

Einer der Zeugen Jehovas im Zwischengeschoss der U-Bahn-Station hielt den Passanten keine Broschüre, sondern einen Tablet-Computer entgegen, was ihm ein wenig das Missionarische nahm.

Beim Lesen alter Romane immer die Hoffnung, dass man erfährt, zu welcher Uhrzeit die Menschen damals aufgestanden sind. Aber es ist nie die Rede davon.

Das kleine Mädchen auf dem Bahnsteig winkte dem Lokführer zu, der gerade aus dem Fenster des stehenden Zuges blickte. Der Mann winkte nicht zurück (und in diesem Moment hielt man ihn jedes Verbrechens fähig).

Am Straßenrand sah er eine junge Touristin, die ihren Freund fotografierte, vor einer alten, mit Graffiti bedeckten Telefonzelle. Noch vor kurzem wäre er einfach Zeuge einer Privataufnahme gewesen, für das Bilderalbum im Regal zu Hause, allenfalls für einen Dia-Abend unter Bekannten. Aber nun verriet bereits der Gesichtsausdruck des Fotografierten, dass sich Grundlegendes geändert hatte. Man sah seinem Blick an, dass er trotz des privaten Rahmens für eine *Öffentlichkeit* posierte; er legte den Kopf schräg, fixierte mit den Augen immer wieder unbestimmte Punkte in der Ferne, wie es ein Jahrzehnt zuvor nur professionell Abgelichtete getan hätten. Nun waren die Gesten und Posen der Models auf jeden beliebigen Social-Media-Nutzer übergegangen. Von Walter Benjamin stammt die Beobachtung, dass der Gestalt der Menschen Anfang des 20. Jahrhunderts anzusehen war, dass sie nun regelmäßig fotografiert wurden. Hundert Jahre später müsste man diesen Befund ergänzen: Instagram hat auch jedem Namenlosen inzwischen die Physiognomie einer öffentlichen Person eingemeißelt.

Um viertel vor drei, die mondäne Bar in der Innenstadt hatte den Mittagsbetrieb schon eingestellt, saßen noch zwei Frauen vor ihrem Weißwein. Ihre Unterhaltung war eindringlich, sie verlief von den akuten Eheschwierigkeiten der einen zu allgemeineren Betrachtungen über das Leben mit Mitte vierzig – und wie sie da saßen, mit ihren Balenciaga- und Jil-Sander-Einkaufstüten neben den Stühlen, stellte sich unwillkürlich eine Verknüpfung her zwischen der Tiefe ihres Gesprächs und ihrer materiellen Existenz. War die fragile Psyche doch etwas, das man sich leisten können musste? Die besprochenen Probleme wirkten plötzlich wie ein Effekt der Langeweile, wie ein letzter Anreiz derer, die nichts mit sich anzufangen wissen. (Und war es nicht auch so gewesen, dass das Gespräch zu Beginn ihrer Verabredung, als es noch um leichtere Themen wie eine Dinner-Party ein paar Tage zuvor oder eine aufsehenerregende Nachricht aus dem lokalen Kulturbetrieb ging, immer wieder gestockt und manchmal auch zu unangenehmen Pausen geführt hatte, in denen beide wie abwesend in ihren iPhones herumstocherten? Erst die latente Verzweiflung, erst die Lebenskrise lieferte ihnen ein Sujet, das stark genug war, um beide zu fesseln.) Als sie beim weißbekittelten Barkeeper, einem alten Bekannten, die Rechnung bezahlten und das Lokal verließen, wirkten sie wie erfrischt.

Am Morgen klingelte der Wecker des über Nacht Gestorbenen (Anfangsszene eines Films).

»Bauchweh«, »Magenschmerzen«: Kinder- und Erwachsenenworte für dieselben Körperempfindungen.

Harun Farocki schreibt in seiner nachgelassenen Autobiografie, dass man Mitte der siebziger Jahre »mit einem Studentenauto ständig angehupt, geschnitten und nicht in Lücken gelassen wurde«. Wann hat sich das geändert?

Das Handy fiel auf den Boden neben den Esstisch, und er dachte: Bitte nicht auf die Butterseite!

Der Student, der keinerlei Bezug hat zu dem von ihm Referierten, beendet jeden zweiten Satz mit dem Wort »genau«, als wollte er sein Verstehen damit herbeizwingen.

Mitten im Frühling, als schon seit Wochen kein Schnee mehr zu sehen war, entdeckte er plötzlich eine graue Stelle im Park: Hier lag noch, wie vergessen, ein mit Streusalz und Hundekot befleckter Schneehaufen. Im ersten Moment glaubte er, einen in schmutzige Decken gehüllten Obdachlosen zu sehen.

Die Anhänger der zurückliegenden Fußballmannschaft, die von der Stadionkamera erfasst werden und auf der Anzeigetafel ihre Gesichter erkennen: Ihnen ist der innere Widerstreit anzumerken; in sich zusammengesunken sitzen sie da, können das Drama auf dem Rasen kaum verkraften. Doch dann bemerken die gerade noch Untröstlichen, dass sie von der Kamera aus der Masse ausgewählt worden sind. Und man kann darauf wetten, dass sich die Trauer nur mit kurzer Verzögerung in Jubel und euphorisches Winken verwandelt. Der Sekundenblitz der Prominenz überstrahlt die Loyalität zum eigenen Team.

Einer, der sich sein Leben lang sämtliche Türen offengehalten hat.

Die Digitaluhr auf dem Nachttisch des Hotelzimmers in der kalifornischen Wüste, die eine befremdliche Uhrzeit ins Dunkle strahlt (Emblem des Jetlags).

Ihr Flüstern klang lauter, als wenn sie mit normaler Stimme gesprochen hätte.

Als das Kleinkind am Morgen gefragt wurde, wie es geschlafen habe, legte es den Kopf zur Seite und demonstrierte seine Schlafposition.

 Einer, der davon berichtet, wie er einmal während einer Busreise vergessen worden ist. Nach der kurzen Rast auf einem Parkplatz waren bereits alle Mitglieder der Reisegruppe wieder eingestiegen, als er noch in der Warteschlange vor der Toilette stand. Heiter erzählt er, wie es beim Durchzählen im Bus keinem auffiel, dass er nicht an seinem Platz saß; wie die Reisegesellschaft schließlich nach ein paar Stunden zu Hause ankam, und erst seine Frau, die ihn abholen wollte, sein Fehlen bemerkte. Er gibt diese Episode wie ein besonders lustiges Kapitel seines Lebens zum Besten, und keine seiner Regungen lässt erahnen, wie es sich anfühlt, nach mehreren Tagen des Zusammenseins von keinem einzigen aus der vielköpfigen Gruppe bemerkt worden zu sein.

Tief im Wald hatte noch jeder der Entgegenkommenden gegrüßt; jetzt, auf dem belebteren Weg Richtung Dorf, tat es fast niemand mehr.

Der junge Vater hatte so viele Sandmann-Folgen mit seinem Kind gesehen, dass er fast nur noch auf Wiederholungen stieß, so wie es ihm ein paar Jahre zuvor, allein in seiner Studentenwohnung, mit den »Sexy Clips« im Nachtprogramm gegangen war.

Ihre iPhones hatten an der gleichen Stelle einen Sprung.

Eckermann, der oft »zur Zeit des Lichtanzündens« zu Goethe geht.

Das ältere Ehepaar im Zug, das offenbar zu einer großen Urlaubsreise aufbricht: Der Mann hievt beim Einsteigen einen riesigen Hartschalenkoffer auf die Gepäckablage, dem man ansieht, dass er trotz seines Alters selten in Gebrauch ist. Auf der Fahrt behalten die beiden ihre rot-schwarzen Outdoor-Jacken an; fast bewegungslos sitzen sie da, die Arme verschränkt, so als hätten sie Angst davor, eine falsche Bewegung zu machen. Inmitten der Rollkoffer-Existenzen und Flexibilitätsvirtuosen ist diese Zugreise für sie ein beschwerliches Aufbrechen; sie wirken in der Enge des Großraumabteils wie verpflanzt aus dem heimischen Wohnzimmer.

Die Mittagessen mit einem früheren Kollegen alle paar Wochen: Er führt ein vielseitiges Leben, weiß unterhaltsam davon zu erzählen, und wie immer ist sein Teller noch fast unberührt, wenn der eigene schon leer ist. (In diesem Moment jedesmal die Assoziation der Ballbesitz-Statistik bei Fußballübertragungen: der Kollege das FC Barcelona der Gesprächspartner.)

Ein Popstar, der in eine Karaoke-Bar geht und unerkannt sein berühmtestes Lied singt.

 Tagebuch (7), *Sonntag*. Ob einer glücklich ist, merkt er daran, wie er zum Sonntag steht, ob die Stille dieses Tages ihm eher ein Atemholen ermöglicht oder die Luft abschneidet. Kein anderer Tag der Woche, der etwa von Liebespaaren sehnlicher erwartet wird; ihnen kommt die Ereignislosigkeit des Sonntags gelegen, ohne jede Ablenkung sind sie sich selbst überlassen, tauchen ein in die endlosen Stunden. Ein besonderes Frühstück, das der zuerst Aufgestandene unbemerkt zubereitet (der andere, geweckt vom Geräusch des Milchschäumers); später ein Ausflug, ein langer Spaziergang, die Suche nach einem Landgasthaus, dessen Küche durchgehend geöffnet ist. Die Zeit ist wie aus einem Guss, konturlos, und vielleicht gewähren solche Sonntage tatsächlich jene »seelische Erhebung«, zu der sie einem Artikel des Grundgesetzes zufolge verpflichtet sind. Abends dann, als Wiedereintritt in die Welt, ein gemeinsamer Kinobesuch. (Gibt es eine weitere Vorstellung in der Woche, in der ähnlich viele Paare sitzen würden wie sonntags um 20 Uhr? Die verstreuten Einzelpersonen, im voll besetzten Saal ohne Chance, einen Sitz zwischen sich und den Nachbarn freizulassen, wirken wie Eindringlinge.)

In der Selbstvergessenheit der Paare löst sich die ungewöhnliche Dichte des Sonntags auf. Ist es nicht ohnehin so, dass jeder Wochentag so etwas wie ein spezifisches Gewicht besitzt? Die Leichtigkeit eines

Freitags oder Samstags etwa, deren luftige Konsistenz, zerstreut von den vielfältigen Anregungen. Dagegen der Sonntag, zwischen elf Uhr morgens und fünf Uhr nachmittags: hoch komprimierte, fast reine Zeit, die es zu bewältigen gilt. Am Morgen ist dieses Gewicht nicht sofort zu spüren; die geöffneten Bäckereien und die Zeitungen bieten vielen einen willkommenen Anlass, die Konfrontation hinauszuzögern, den Sonntag wie eine Imitation des Samstags anzugehen. Doch es kommt der Augenblick, in dem die Differenz nicht mehr zu leugnen ist, in dem die Wirkung der zeitverdünnenden Mittel nachlässt. Und so wie die Stunden scheinen dann auch manche Menschen kaum noch weiterzuwissen. Nachmittags um halb drei sieht man sie auf den Straßen, einzelne Passanten, die auffällig langsam gehen, ein bisschen zu nahe an den Häuserwänden, so als müssten sie sich abstützen, um dem Druck des Sonntags standzuhalten. Erst am frühen Abend, vielleicht mit dem Beginn einer vertrauten Fernsehsendung, lässt dieser Druck nach; zum ersten Mal zeichnet sich das Ende des Tages ab, und es bietet sich die erleichternde Aussicht auf den Neubeginn der Woche, auf den Montagmorgen (den man dann im Kreis der Kollegen wieder verdammen wird). Hatte der Freud-Schüler Sándor Ferenczi solche Passanten im Sinn, als er im Jahre 1919 einen kleinen Text namens »Sonntagsneurosen« schrieb?

»Von Neurosen, deren Symptomschwankungen vom jeweiligen Wochentag abhängig wären, hat meines Wissens noch niemand etwas erwähnt«, heißt es in dem Aufsatz. »Und doch glaube ich, die Existenz dieser eigenartigen Periodizität behaupten zu können.«

Als vor sechzig Jahren das moderne Wochenende erfunden wurde, sollte der Samstag die Funktion einer Vorhut einnehmen, auf den Höhepunkt der Woche einstimmen. Inzwischen hat sich das Verhältnis längst umgekehrt. In einem profanen Weltbild erscheint der Sonntag eher als unnötiger Fortsatz: verheißungsvoll allenfalls aus der Perspektive des Abends zuvor. Alles dauert bereits zu lange an; die Zeichen des Wochenendes sind verbraucht. In den Sportsendungen noch einmal die Zusammenfassung der Bundesligaspiele: Jedes Tor ist bekannt, jeder Laufweg der Stürmer vor der entscheidenden Spielszene, doch ein eigenartiger Mechanismus sorgt dafür, dass man weiterhin ausharrt – so als gehörte der Überdruss zu den notwendigen Charakterzügen des Sonntags. Abends, auf dem Weg zum Kiosk, noch einmal der unvermeidbare Blick auf die Schlagzeilen der Boulevardzeitungen, vielleicht zum zehnten, fünfzehnten Mal in den vergangenen eineinhalb Tagen. Gleichgültig überfliegt man sie, wie längst überholte Anweisungen, die versehentlich noch nicht ausgewechselt worden sind.

Tagebuch (Nachtrag), der *Feiertag* unter der Woche. Nicht umsonst heißt es, ein Feiertag »fällt« auf einen Montag, Mittwoch oder Freitag. Diese Bezeichnung muss wörtlich verstanden werden. Denn die Wucht, mit der ein Feiertag den Werktag unter sich begräbt, tilgt dessen gewöhnliches Profil, löscht die feinen Maserungen des Tages und überzieht ihn stattdessen mit einer glatten, fugenlosen Schicht. Der Feiertag, eine anästhesierte Stelle im Gefüge der Woche, ein Sonntag ohne Sonntag.

Immerwährende, reflexhafte Begeisterung: das wirksamste Mittel, sich die Dinge vom Leib zu halten.

Der ältere Mann im Bus, mit der abgerissenen Kleidung, lehnte sich nur an den vorderen Rand eines Sitzes, obwohl er etliche Stationen fahren musste. Als hätte das richtige Hinsetzen ein ungebührliches Zeichen der Eingliederung bedeutet.

Nach der Rückkehr aus der Großstadt am anderen Ende der Welt war er in Gedanken noch ein paar Tage dort; auf der Wetterseite der Zeitung sah er immer zuerst nach, wie warm es an diesem Ort gerade war.

Er sagt ständig »Zwanzig Neunzehn«. Verachtung.

Die Bürokollegin hatte ihn um Hilfe bei einer Textstelle gebeten, und nun saß er neben ihrem Schreibtisch und sah zu, wie sie auf dem Computerbildschirm zahllose Dateien, Websites und Programme umherschob und neu sortierte, um das Dokument in den Vordergrund zu rücken. Eine Fülle unbekannter Handgriffe und Tastenkombinationen, in Windeseile ausgeführt, ein Arbeitssystem, das dem seinen trotz der identischen Geräte und Tätigkeiten in nichts ähnelte. Ihn durchfuhr ein Schauder der Befremdung beim Anblick ihrer Bewegungen; es verstörte ihn plötzlich, wie unterschiedlich man diese so einheitlich wirkenden Apparate bedienen konnte.

An den U-Bahn-Gleisen wartete er auf einen sich verspätenden Freund, und zum ersten Mal fiel ihm auf, dass der gesamte Ablauf an diesem Ort tatsächlich nur für den kurzen Transit berechnet war. Nach zehn Minuten fing alles wieder von vorne an: die Durchsagen des Verkehrsverbundes, die Filmtrailer auf den Bildschirmen, sogar das Programm des Kleinkünstlers im Zwischengeschoss. Dem allzu langen Aufenthalt haftete etwas Ungebührliches an (nicht umsonst wiesen Schilder darauf hin, dass bloßes Herumsitzen verboten war). Er fühlte sich wie ein Betrüger, wie einer, der im Kino einfach sitzen bleibt und sich eine zweite Vorstellung erschleicht.

Die umgestürzten Denkmäler nach dem Putsch: In den Gesichtszügen und Gesten der alten Staatsgründer hat sich jene Souveränität erhalten, die ihnen bei der Modellierung unwiderruflich eingeprägt wurde. Doch die riesenhaften Körper liegen auf dem Boden und sind bedeckt von Kinderfüßen, die auf ihnen tanzen und spielen.

Kurz vor seinem Tod veröffentlicht der langjährige Dolmetscher des Präsidenten seine Memoiren: Er enttarnt sich in seinen Aufzeichnungen als Spion, der jahrzehntelang falsch übersetzte, um damit dem Land seines Arbeitgebers zu schaden. Nun, am Ende seines Lebens, erzählt er offen und ausführlich über seine Tätigkeit als unzuverlässiger Übermittler der Worte; er erinnert an Situationen von höchster politischer Bedeutung, in denen seine ins Gegenteil gewendeten Übersetzungen die Gespräche in unvorhergesehene Richtungen trieben. Ein Bericht über die subversive Macht einer unterschätzten Tätigkeit: Denn die unerlässliche Präsenz der Dolmetscher in der politischen Welt wird auf leichtsinnige Weise ausgeblendet. Hat man in einer Nachrichtensendung oder in einem Zeitungsartikel jemals etwas über die Verantwortung des Übersetzers erfahren? Man scheint diesen Durchgangsstationen der Wörter so blindlings zu trauen wie neu verlegten Kabeln.

 Warum verstärkt man das in Anführungszeichen Gesagte durch ein rasches zweimaliges Krümmen von Zeige- und Mittelfinger in Schulterhöhe? Bei Ausrufen oder Fragen würde niemand auf die Idee kommen, das Satzzeichen mit einer Geste zu verdoppeln.

Am Nebentisch eine Runde mit sechs oder sieben Frauen, alle in ihren späten Dreißigern, die sich lautstark unterhielten, immer wieder in prustendes Gelächter ausbrachen. Mit jeder Mojito-Bestellung verstärkte sich die aufgekratzte Stimmung, die Feier des »Mädelsabends«, wie sie ihr Zusammensein selbst immer wieder nannten. In den Augen einer der Frauen glaubte er aber zunehmende Verzweiflung zu erkennen. Für sie war dieser Abend vielleicht nicht die sehnsüchtig erwartete Unterbrechung des jungen Familienlebens wie für die langjährigen Freundinnen. Die eine war auf einem Fahrrad mit Kindersitz angekommen, die nächste sprach von ihrer bevorstehenden Hochzeit, die dritte entschuldigte sich kurz, weil sie ihrem Sohn per Facetime noch Gute Nacht wünschen wollte. Der »Mädelsabend« bot ihnen einen kurzen Abstecher in wildere Zeiten, in dem Wissen, dass der Ehemann das Kind ins Bett bringen und sie morgen früh länger schlafen lassen würde. Doch im Leben der einen Frau gab es diesen Rahmen scheinbar nicht; sie war, als kinderloser Single, immer noch das »Mädel«, dessen Existenzform von den Ehefrauen und Müttern ein paar Stunden lang nostalgisch zelebriert wurde. Je länger der Abend dauerte, je ausgelassener die Runde feierte, desto stiller wurde sie.

Die Regentropfen an den Fenstern der U-Bahn, die aus dem Tunnel kommt: kurzer Augenblick der Irritation, bevor man sich erinnert, dass die ersten Stationen auf dieser Linie im Freien liegen.

Als er im Park in einen kleinen Nebenweg einbog, stieß er auf einen Rummelplatz. Diese Plötzlichkeit – dass sich da auf einmal, ohne jede Ankündigung, ein Karussell drehte und Leute an Autoscootern und Schießbuden standen – hatte etwas Unwirkliches. Die üblichen Vorzeichen gab es nicht: kein Kindergeschrei und keine stampfende Fahrgeschäftsmusik, kein Duft von gebrannten Mandeln und keine achtlos auf die Straßen geworfenen Losnieten. Im ersten Moment hielt er die Buden für eine Filmkulisse.

Rosenmontag: Der Maskierte, der im Restaurant auf sein zum Mitnehmen bestelltes Essen wartete, unterschied sich plötzlich in nichts mehr von den anderen, unverkleideten Besuchern. Die Gesten des Wartens – der unbeteiligte Blick durch den Gastraum, das Klopfen der Finger auf dem Tisch, das häufige Umschauen zur Küche hin – ließen seine Maske für einen Augenblick durchsichtig werden.

Sie redete mit einem Bekannten, doch eigentlich galt ihr Interesse dem fremden Mann, der ebenfalls in der Runde stand. Es war ein Gespräch über Bande; alles, was sie über sich erzählte, war in Wahrheit für den Dritten gedacht.

Als der Zug München erreichte, passierte er die vertrauten Orte: den S-Bahnhof Laim, die Betonpfeiler der Donnersbergerbrücke, die schmiedeeisernen Bögen der Hackerbrücke. Vielleicht war es das, was die Heimatstadt ausmachte, so selten er sie noch besuchte: dass die Annäherung gestaffelt ablief, als eine Abfolge von Punkten, die seine Vorfreude immer größer werden ließen. Die späteren Wohnorte dagegen zeigten sich beim Ankommen auch nach vielen Jahren nur als einförmiges Ganzes.

Seit einiger Zeit fällt in Fernsehshows (vor allem in Casting-Sendungen) eine bestimmte Schnitttechnik auf: Die Kamera versucht während der Auftritte der Kandidaten immer genau in dem Moment die Gesichter von Juroren oder Zuschauern einzufangen, in denen sich eine bestimmte emotionale Regung möglichst deutlich ablesen lässt. Die *Rührung* der anderen Teilnehmer, wenn der gealterte Schlagerstar eine zeitgenössische Ballade unerwartet eindringlich vorträgt. Die *Überraschung* des Moderators in dem Moment, da die als schüchtern geltende Sängerin zum ersten Mal aus sich herausgeht. Die *Überwältigung* der gesamten Jury, wenn ein unscheinbarer Kandidat vor das Mikrofon tritt und den Saal durch seine außergewöhnliche Stimme mitreißt. Entstanden sind diese Einblendungen vermutlich in den denkwürdigsten Momenten der Casting-Kultur, während der Auftritte von Paul Potts oder Susan Boyle. Doch inzwischen ist diese Schnitttechnik Standard, Teil jeder Performance von *Sing meinen Song* und *Voice of Germany*, und sie übernimmt längst eine andere Aufgabe als die bloße Abbildung spontaner Gefühlsäußerungen. Den Nahaufnahmen kommt vielmehr eine steuernde Funktion zu; sie geben dem Publikum das Signal, dass gerade etwas Aufwühlendes geschieht. In den überwältigten Gesichtern der Stars sollen sich jene Emotionen zeigen, deren eigenständige Bildung man den Zuschauern nicht zutraut. Untertitel für Gefühlsgeschädigte.

Sie trug das Musterbild eines Nachthemds, ein regelrechtes Neklischee.

Die Frau vor dem Kiosk, barfuß im November, zog einen Geldschein aus ihrem abgerissenen Brustbeutel, und als die bekannte rote Gestalt einer Zehn-Euro-Banknote zum Vorschein kam, war das fast ein überraschendes Anzeichen von Normalität.

Jetzt, in den Wochen nach dem Tod des Vaters, kehrt die Trauer über das verschwundene Elternhaus (seine Mutter ist schon lange gestorben) vor allem beim Anblick der alten Telefonnummer zurück, die er beim Ordnen der Dokumente entdeckt, oder, in sentimentalen Momenten, im Verzeichnis seines Mobiltelefons sucht. Es ist die Nummer, mit der er selbst aufgewachsen ist, die über vierzig Jahre lang galt, seit dem Einzug in die Familienwohnung, in der sein Vater bis zuletzt gelebt hat. 089 76 15 45 lautet sie, und die Physiognomie dieser Zahlenfolge – ihre Form, ihr Rhythmus mit der einprägsamen Wiederholung der 5 am Ende – ist ihm so vertraut wie der eigene Name. »Sieben sechs eins fünf vier fünf«: In der Familie sprachen sie die Ziffern einzeln aus, wenn sie jemandem die Telefonnummer nannten. Wurde sie in Zweiergruppen aufgeteilt, etwa von einer Amtsperson, die sie beim Durchlesen eines ausgefüllten Formulars noch einmal halblaut wiederholte (»Sechsundsiebzig fünfzehn fünfundvierzig«), klang die Lautfolge vollkommen fremd und hölzern. Er musste dann immer erst einen Moment lang überlegen, bevor er die Nummer als die eigene erkannte.

Dass sich in dieser scheinbar willkürlichen Kombination von Ziffern ein ganzes Reich an Bedeutungen verbirgt, hat aber nicht allein mit privaten Erinnerungen zu tun. Länge und Anfang der Telefonnummer enthalten vielmehr historische Informationen. Dieser Münchner Anschluss, der seit 1974 bestand (falls seine Eltern die Nummer nicht sogar aus ihrer früheren Wohnung ganz in der Nähe mitgenommen hatten), ist noch sechsstellig, und für diese Kürze empfindet er inzwischen fast so etwas wie Rührung. Schon Ende der siebziger Jahre kamen in München die siebenstelligen Telefonnummern auf, bald werden vielleicht, wie in Berlin oder Paris, achtstellige nötig sein (von den überlangen Zahlenschlangen der Mobilanschlüsse ganz zu schweigen), und von dieser kompakten Folge der sechs Ziffern ging, je weiter er von zu Hause entfernt war, eine immer größere Geborgenheit aus. 76 15 45: ein Relikt der Technik und der Biografie, das nicht nur auf die überschaubare Vorzeit eines immer stärker verästelten Fernsprechnetzes verwies, sondern auch auf die überschaubare Vorzeit eines immer stärker verästelten Lebens.

Wenn die Länge der Nummer Zeit und Alter verrät, dann erzählen ihre Anfangsziffern eine Geschichte über den Raum, über das Viertel, in dem das Telefon installiert war. Bei neueren Anschlüssen ist diese Verbindung gekappt; sie kann von den Inhabern inzwischen beliebig festgelegt und über alle Stadtteile hinweg mitgenommen werden. Als seine Eltern die Wohnung bezogen, galt diese Freiheit noch nicht. Den Anfängen der Münchner Telefonnummern war daher der Standort des Anschlusses anzusehen (eine 201 gab etwa das Glockenbachviertel zu erkennen, eine 34 das südliche Schwabing), und manchmal hatte man sogar den Eindruck, dass die Anfangsziffern schon einen Hinweis auf den Charakter der Bewohner gaben: die wohlige 8 im saturierten Bogenhausen, die schroffe 5 im Arbeiterviertel Westend. In dem Stadtteil, in dem die Familie lebte, begannen die Telefonnummern mit einer 7, im Straßenkarree, in dem sich ihre Wohnung befand, mit einer 76, und so behielt der Anschluss seines Vaters bis zuletzt diese schöne Übereinkunft von Ort und Medium. (Das Wort *Festnetz*, vor dem Aufkommen des Mobiltelefons unbekannt, konnte auch in dieser Hinsicht verstanden werden.) Zusammen mit seinem Vater ist diese Nummer nun gestorben, und wenn die nächsten Mieter in der grundsanierten Wohnung einen neuen Anschluss beantragen, werden sie eine siebenstellige Telefonnummer zugewiesen bekommen. Die unzeitgemäße sechsstellige hat man entsorgt wie ein lange geduldetes Überbleibsel, wie eine zu billige Miete oder einen aus der Mode gekommenen Lichtschalter.

Oft ist er kurz davor, die alte Nummer noch einmal zu wählen und sich das Freizeichen anzuhören. Er war immer davon überzeugt, dass der Anschluss 089 76 15 45 einen einzigartigen Ton produzierte, für ihn unter dutzenden erkennbar, auch wenn er nicht wusste, wie sich das technisch erklären ließ. Es war ein weicherer, vollerer Klang; der Ton verhielt sich zu allen anderen wie die Spaghettisoße seiner Mutter zu den blässlichen geschmacksarmen, die es bei Klassenkameraden oder Verwandten zu essen gab. Wenn er sich in den Jahren nach seinem Auszug auf Reisen bei seinen Eltern meldete, aus einem weit entfernten Teil der Welt, löste schon das Freizeichen eine Art Heimatgefühl aus: ein Vorbote der vertrauten Stimme, die er gleich zu hören bekommen würde.

Aber er wird die Nummer nicht mehr wählen. Wahrscheinlich hat das Amt den Anschluss längst abgeschaltet. Die 089 76 15 45 existiert nicht mehr, und es würde nur ein hohles, anonymes Standard-Freizeichen erklingen. Diese Enttäuschung möchte er sich ersparen. »Der Anschluss ist tot«, sagt man. Niemals hat er diese Wendung besser verstanden.

Eine Reihe uniformierter Soldaten im Zug, am Sonntagabend, auf dem Weg zurück in die Kaserne: Alle waren sie in ihre Smartphones vertieft, und trotz der Einheitlichkeit ihres Tuns, trotz der identischen

Übereinstimmung der Körperhaltungen und Blickrichtungen, schienen die flirrenden Bilder auf den Displays die Uniformität der Gruppe zu schmälern.

»Alles, was er schuf, war zuletzt *eingeschoben*: doch zwischen was?« (Roland Barthes)

Ihre Gesten beim Reden sind so ausladend, dass sie die gebärdensprachliche Übersetzung ihrer Worte mitzuliefern scheint.

Was inmitten der Fitnessprogramme und Meditationskurse, der Ernährungsratgeber und Wohlfühltipps leicht in Vergessenheit gerät: All die Rezepte für ein zufriedeneres Leben, einen gesunderen Körper, einen gelasseneren Geist sind aus dem Leid hervorgegangen. Der drahtige Ernährungscoach, der in einem seiner Videos verrät, dass er als Schüler wegen seines Übergewichts gehänselt wurde. Die Yoga-Lehrerin, die von ihrem früheren Job als Managerin und ihrer Burnout-Erkrankung berichtet. Jedes selbstbewusst geteilte Geheimnis des Lebensglücks resultiert aus der Therapie, jedes Dozieren über die richtige Work-Life-Balance aus der Erfahrung des Ungleichgewichts. Die Gurus und Coaches von heute sind die Dicken und Depressiven von gestern. (Und diejenigen, denen das von allen ersehnte zufriedene Leben halbwegs gelingt, in aller Beiläufigkeit, kämen niemals auf die Idee, ihre Existenzweise zum Programm zu erheben.)

In der Autowerkstatt hing ein Kalender mit nackten Frauen, als hätte man einer Vorschrift Folge leisten müssen.

In einem alten Text eine Reihe längst verschwundener Markennamen, »Mouson«-Seife, »Javol«-Haarwasser, »Libby«-Milch, »Manoli«-Zigaretten. Die bunten, plüschigen Wörter, die vergessen worden sind und keinem mehr angehören: wie auf den Müll geworfene Kuscheltiere.

Die Lampe im Fenster der hochgelegenen Villa sah aus, als wäre sie nur dazu da, einem Komplizen unten im Dorf ein Zeichen zu geben.

Unvermittelt begann es zu regnen, und die Menschen richteten ihren Blick skeptisch zum Himmel, wie um zu überprüfen, ob etwas kaputt sei.

Im Hallenbad ging er an den leeren Spinden vorbei, ohne darauf zu achten, ob jemand die Münze im Rückgabefach vergessen hatte.

Andreas Bernard, geboren 1969 in München, lehrt Kulturwissenschaften an der Leuphana-Universität Lüneburg und ist Autor mehrerer erfolgreicher Sachbücher. Er schreibt die Kolumne »Verhaltenslehren« im Feuilleton der *ZEIT* und entwickelte für das *ZEITmagazin* die Rubrik »Laufende Ermittlungen – Notizen aus dem Alltag«. In diesem Buch erscheinen seine Texte erstmals in ihrer Gesamtkomposition. Andreas Bernard lebt in Berlin.